每一本书,都有它的灵魂

总有相似的灵魂,正在书中相遇

我要我们在一起

饶雪漫 —— 著

图书在版编目（CIP）数据

我要我们在一起 / 饶雪漫著. -- 北京：北京联合出版公司，2023.4
ISBN 978-7-5596-6629-1

Ⅰ．①我… Ⅱ．①饶… Ⅲ．①长篇小说－中国－当代 Ⅳ．① I247.5

中国国家版本馆 CIP 数据核字（2023）第 025307 号

我要我们在一起

作　　者：饶雪漫
出 品 人：赵红仕
出版统筹：李小含
责任编辑：周　杨
责任印制：耿云龙
特约编辑：段年落　高继书
插画绘制：杨春梅
装帧设计：刘志华

北京联合出版公司出版
（北京市西城区德外大街 83 号楼 9 层　100088）
北京联合天畅文化传播公司发行
北京兰星球彩色印刷有限公司印制　新华书店经销
字数 114 千　880 毫米 ×1230 毫米　1/32　7.125 印张
2023 年 4 月第 1 版　2023 年 4 月第 1 次印刷
ISBN 978-7-5596-6629-1
定价：42.00 元

版权所有，侵权必究
未经许可，不得以任何方式复制或抄袭本书部分或全部内容
本书若有质量问题，请与本公司图书销售中心联系调换
电话：010-65868687　　010-6425847-800

TO BE
TOGETHER

目录 Contents

我要我们在一起　001

遗失的美好　133　　柠檬草的味道　147　　木壳收音机　163

星　　晴　177　　消失的城堡　193　　看我七十二变　209

我知道

你爱哭

/

惟能用眼泪换来幸福

回忆已经是最好的礼物

它会一直陪你上路

——张学友《礼物》

TO
BE

— 青春
　 仿佛因他的名字开始

TOGETHER

我要我们在一起

Youth Growth Series

ONE

苏莞尔还是苏莞尔

期中考试的前一天,我和鱼丁吵架了。

鱼丁把双手叉在腰上,眼睛瞪圆了看着我,骂道:"苏莞尔,你是一头猪!"

天,这个世界上最粗鲁的女生,我居然和她做了三年的好朋友!

我懒得理她,默默地收拾好书包就往外走,鱼丁却一把拽住我:"说清楚,不说清楚今天谁也不许回家!"

我冷冷地说:"跟一头猪有什么好说的?"

鱼丁站在我面前,涨红了脸:"说不清楚也要说,这关系到我的人品!"

"就你有人品,谁没有?"我抢白她,"你那点破人品,有也跟没有一样!"

"苏莞尔!"鱼丁喊着,竟然在我面前高高地举起拳头来。

虽然鱼丁是公认的跆拳道高手，但我还是有把握，她不会打我。所以我近乎挑衅地用手在她的拳头上轻轻地抚了一下，然后转身离开。

身后传来鱼丁夸张的痛哭声，但是我没有回头。

说起来很俗套，我们吵架，是因为一个男生。

男生是高三的，叫简凡，是我们学校文学社的社长。简凡个子很高，但是极瘦，风一吹就要倒的那种。

鱼丁打从踏入校门的第一天起便视他为偶像，只因为他在迎接新生的大会上口若悬河地讲了一番欢迎词。

自此以后，简凡这个名字便频率极高地在鱼丁的口中来回出没。

一个女生欣赏一个男生本来也没有什么，但鱼丁却表现得过于花痴。为了接近简凡，她竟抄了我的好几篇文章投到校报，只为有机会参加校文学社。

后来，鱼丁如愿以偿了。

每每参加完校文学社的活动回来，她总是一脸极度崇拜的样子对我说："他今天给我们讲网络文学讲了整整三十分钟呢，真是把我肚子都笑痛了……他夸我的文章，嘿嘿，其实是你的文章写得好，我很谦虚地说小 case（意思）小 case 啦……他居然还会写诗哦，那首诗叫什么《你看你看，班主任的脸》，真是有意思哦……他借了我的笔用，把'谢谢你'说成了'对不起'，是不是够傻呢……"

是傻。

但鱼丁却为这傻子越陷越深，感情放在心里无处投递，她郁闷得快要疯掉。

除了简凡之外，鱼丁最大的爱好是跆拳道。周末我去看她打比赛，她把对手打得趴在地上半天也起不来。

都说喜欢运动的人大大咧咧、口无遮拦，但我看鱼丁是另类，本该气势如虹，偏偏心细如发，活该她受这些无谓的折磨。

暗恋本也算得上安全，可是鱼丁却出事了。

事情和我发表在一家杂志上的文章有关，那篇文章我早在半年前就投给杂志社了，谁知道半年后才发表出来，而鱼丁当时想进文学社想得走火入魔，就顺带拿它当了敲门砖。

就是这么不巧，竟被简凡看到了，他捧着那本杂志问鱼丁："这不是你写的吗，怎么署的却是苏莞尔的名字呢？"

鱼丁当时就蒙了，半天都说不出话来。

"苏莞尔是谁？"简凡继续问。

鱼丁转身就跑了，跑到教室里对我发火道："干吗非要投这篇文章啊，你是故意让我下不来台啊，脸都让你给丢尽了啊！"

当时我看着鱼丁急得手脚都无处安放的样子，觉得实在很好笑，就没忍住呵呵笑了起来。

"你还笑？"鱼丁说，"你是不是故意让我出丑的？"

我收起笑，回她一句："你这个人真是不可理喻！"

"我怎么不可理喻了？"鱼丁一根筋到底，"你是故意的，你就是要让我在他面前丢脸！"

"你有臆想症啊！"

于是，她就毫不客气地骂我是猪了。

我带着一肚子气回到家里，发现爸爸妈妈正坐在客厅的沙发上聊天，一脸严肃。

我努力笑笑说："明天不过是期中考试而已，你们就对我这么没有信心吗？"

"不是。"爸爸说，"莞尔，我们今天接到通知，因为要建风光带，政府打算让我们这片搬迁。"

"呀，要住新房子啊。"我说，"不是挺好？"

在一个地方住了十几年，不腻才怪。

我早就盼着这一天了。

"明年春天前要搬完。"妈妈叹了一口气，"我们要是走了，天宇就很难再找到我们了。"

天宇，又是天宇。

很多时候，我甚至都会怀疑，是不是在我妈的心目中，叶天宇比我这个女儿还要重要。

"信息时代了！"我安慰她，"要找一个人还不容易？关键还是要看人家愿不愿意回来找我们，你怎么就想不明白这点呢？"

就在这时，电话响了，老妈唤我去接。我接起来，"喂"了半天也没人说话，正要挂的时候，却传来一个人号啕痛哭的声音。

是鱼丁。

"喂！"我说，"鱼小姐，请你别抽风，行吗？"

"呜哇呜哇呜哇哇……"她没停下来，反而愈发夸张。

我无奈地说："你在哪里，我现在就来。"

"校门口。"鱼丁说，"二十分钟内你还不到，我们就绝交。"

我的乖乖。

挂了电话，我赶紧跟老妈说："鱼丁遇到点事，我去学校一下。"

"没事吧？"老妈听后非常紧张，跟我嘱咐道，"天要黑了，你小心些。"

我伸出一只手，她心领神会地给了我五十块钱。

回到学校时,操场上早就空无一人,秋天黄昏的风野蛮地掀翻了一张贴在操场边的布告。天已经半黑了,风一阵冷过一阵,眼看着就要下雨的阵仗,我缩缩脖子,心里一千遍一万遍地诅咒着鱼丁的时候,她终于在操场的那边出现了。跟在她身后的,是简凡。

见到我,鱼丁如见到亲人一般从操场那边猛跑过来,直接扑到我的怀里。凑近了看,我这才发现,鱼丁的双眼红肿,她这副样子实在少见,让人心生怜惜。

我和鱼丁正说话时,简凡走近了,他站在那里,冷冰冰地说:"史渝,你不要这样子哭,被别人误会就不太好了。"

鱼丁听后,吓得不敢哭了。

"误会什么?"我没好气地说,"她哭成这样难道不是你的错?"

鱼丁直戳我的胸口示意我闭嘴。

我偏不,而是继续说道:"你有什么资格骂她,凭什么说别人无耻?你自己又能有多高尚,区区一个文学社的社长而已,你还把自己当总统了?"

简凡张大了嘴看着我。

"好了,好了。"鱼丁一边抹泪一边拉住我,"走啦,走啦,反正从现在起我退出文学社就行了。"

我恶狠狠地说："你不退，我打断你的腿！"

我拉着鱼丁走出老远，鱼丁却又为他说话："其实简凡心地也蛮好的，他就是那种对文学特别认真的人，容不得半点虚假，所以才会口不择言。"

"等他拿了诺贝尔奖再嚣张也不迟！"什么人呀，弄得我的气半天都下不去。

"你脾气真大。"鱼丁看着我说。

"所以今天下午没骂你算是给你面子。"我嗔道。

"莞尔，我知道你对我最好。"鱼丁把头靠过来，低语道，"你说，结束是不是也太快了一点呢？"

"什么？"我假装没听懂。

"还没开始就结束了，一点都不刺激。"鱼丁叹了一口气。

"别去想啦。"我拍拍她，"再想，期中考试就要完蛋啦。"

"那，明天见。"鱼丁咬咬下唇，跟我挥手道别。

看着鱼丁骑远后，我独自穿过学校外面的小广场准备坐公共汽车回家。刚走到广场边上，一个黑衣的男生挡住了我，一把淡红色柄的小刀抵到我的胸前，他低哑着声音命令我："麻烦你，把兜里所有的钱全掏出来！"

我还是第一次遇到这种事情，心里惴惴不安。我又不想对方看出我的紧张，正思索着怎么对付黑衣男生，耳边突然传来一个声音:"别动她。"

我抬起头来,内心的惊喜压过了所有的恐惧,因为我看到了一张熟悉得不能再熟悉的脸,一张在我记忆里翻来覆去无数次的脸。虽说这张脸如今显得更加的成熟和轮廓分明,可是我还是敢保证,他就是叶天宇!

就是爸爸和妈妈嘴里整天念个不停的那个叶天宇!

"快点!"见有人突然出现,拿刀的男生开始不耐烦地催我。

我默默地拿出口袋里所有的钱,除掉刚才打车用掉的,还有四十多块钱,准备交到用刀抵着我的男生手里。黑衣男生没有迟疑,伸出手来一把拿过钱。

说时迟那时快,叶天宇趁机将黑衣男生手中的刀和钱全夺了过去,说道:"我说了别动她。"

可令谁也没想到的是,就在此时,广场周围忽然冒出来好几个便衣警察。

我发出一声低低的尖叫,然后便看到我们学校那位才上任的相当年轻的副校长朝我走了过来。他对其中一个警察说:"还好,守株待兔总算有结果了。"说完,副校长又回转过身问我:"你是哪个班的?被抢了多少钱?被抢过多少次?"

刀和钱都在叶天宇的手中,一个警察凑到叶天宇的脸前,想把他看清楚。但他看上去并不害怕，脸上的表情是冷酷而不屑的，一如当年。

"说话啊，不用怕。"校长提醒我。

"可是……"我指着叶天宇，结结巴巴地跟校长说，"他，他没抢我的钱。"

话音一落，所有的人都是一副大吃一惊的样子。尤其是校长，他看着我，一副"你是不是被吓傻了"的滑稽表情。

"其实我们认识的。"我解释道。

"那这刀是怎么回事？"警察拿着从叶天宇手中夺下来的小刀问我。

"这刀？"叶天宇冷笑着说，"削水果都嫌钝，你们觉得我能拿它来做什么？"

"轮不到你说话！"警察回头正视着我，很严肃地对我说："小姑娘，你不用怕，更不要撒谎，这可关系到你们全校师生的安全，要知道，我们在这里已经守了三天了！"

"守三天也不能乱抓人啊，他刚才确实救了我，是穿黑衣服的想抢。"我努力让自己镇定下来，"我们真的认识，他叫叶天宇。不信你们可以查。"

叶天宇的脸上闪过一丝震惊的表情，他显然没想到我认出了他，于是我又赶紧补充道："我妈是他干妈，我们很小就认识。"

黑衣男生听我这么说立刻来了劲:"快放开我,都是熟人,你们抓我干吗啊?"

这时,警察已经从叶天宇的身上搜出了一张身份证,他在昏黄的光线里费力地看了看,有些无可奈何地对周围的人说:"是叫叶天宇。"

校长看着我说:"你是哪个班的,叫什么名字?"

"苏莞尔,高一(3)班。"

校长走到一旁打电话,过了许久,他走到我身边问我:"苏莞尔,高一(3)班的宣传委员?"

我点点头。

"你确定你没有撒谎?"校长严肃地说,"学校最近被一个抢劫团伙弄得相当头疼,我想你应该有所耳闻。"

"一定是误会了。"我有些艰难地说。

校长走过去和那帮警察商量了半天,最终还是决定放走叶天宇,将黑衣男生带走。

后来我才知道,被带走的男生叫猪豆,是叶天宇的朋友。

叶天宇伸出手把我一拉,说:"快走吧,咱妈还等着我们回家吃饭呢。"说完,他拉着我就拔足狂奔,一口气跑出了小广场,直到跑到公共汽车站的站牌下面他才松开手。

叶天宇靠在广告牌上，问我："你真的是莞尔，苏莞尔？"

"你的记性不会真的这么坏吧？"我气呼呼地说，"何况我也没整过容。"

"还那么喜欢斗嘴？"他笑笑地看着我。

"我们全家一直在找你。"我说，"还在报纸上登过寻人启事。"

"拜托！"他哈哈一笑，"你看我像看报纸的人吗？"

"你以前的邻居说你和你叔叔一家一起搬到北方去了。不然我妈一定会继续找，直到找到你为止。"

"哈哈，"叶天宇说，"那个一脸麻子的胖女人吗？我差点把她家阁楼烧掉，她不胡说八道才怪！"

我到底没忍住，跟他说道："我妈妈很挂念你，常常说起你，你跟我回家去看看她好不好？她看到你真不知道会有多开心。爸爸今天还说要去你北方老家一趟呢……"

"别去了！我不是在这呢吗！说真的，你比小时候漂亮多了，好像也聪明多了。"说完，他朝我挥一下手，转身大步走了。

"叶天宇！"我冲上去喊住他。

"喂！"他回头，"别缠着我啊，不然我会翻脸的。"说完，他顿了顿，从口袋里把那四十几块钱掏出来还给我。

"你拿去用吧。"我低着头说。

他一把拉过我的手,把钱放到我手心里:"记住,别跟你妈说见过我,不然我揍你。"

看着他扬长而去的背影,我的心里酸酸的。

整个晚上,我都在想叶天宇。

想他这么多年来都没有变过的冷漠和孤独的神情,想他现在怎么会变得这么糟糕,想他高大挺拔的背影,我的心里乱七八糟地疼着。

我想,我暂时还是得跟妈妈隐瞒这件事,倒不是怕叶天宇揍我,只是不想妈妈为他伤心。

TWO

从来不需要想起

　　有一天，电视上在放一首叫《酒干倘卖无》的老歌。

　　那个叫苏芮的歌手把头用力地往后仰着，唱出一句歌词："……从来不需要想起，永远也不会忘记……"

　　听到这句的时候，我忽然就有了想哭的冲动。

　　我觉得用这句歌词来形容我和叶天宇，应该是再适合不过了。

　　从某种角度来说，叶天宇代表着我整个童年。

　　我承认，虽然很多时候我都试图想去忘记这个人，在有风吹过的时候提醒自己展望前方，在爸爸妈妈提起他的时候也尽量换上一副冷漠的表情，但是我心里清楚地知道，我忘不掉。他经过我的岁月遗留下来的痕迹混合着感激、愤恨、欢乐和痛苦，是一种拼了命去擦也没有办法擦去的根深蒂固的记忆。

像一棵盘根错节的大树。

认识叶天宇的时候,我只有五岁,他十岁。

五岁的某一天,爸爸把我从幼儿园接回家,中途到一家商店买烟。我独自跑到大马路上去捡别人废弃的一只花皮球,因为只想着皮球,以至于根本就没留意到迎面而来的那辆大卡车。

就在这时,一个路过的阿姨不顾一切狠狠地推了我一把,硬是将我从死神的手里活生生地拉了回来。

而她的腿,却因为救我被伤到,在医院里住了差不多半个月。

那个路过的阿姨,就是天宇的妈妈,我叫她张阿姨。

张阿姨出院后,我们家请他们全家到家里做客,那是我第一次看到叶天宇。他小时候就显得挺成熟,穿着很神气的大皮靴,拿着一把枪在我家的地板上耀武扬威地走来走去。

我瞪着大大的眼睛看着这个家伙,他忽然问我:"你喜欢玩纸飞机吗?"

我摇摇头。

"那你喜欢玩什么?"

"弹钢琴。"我说,说完了又拼命地摇头,因为我忽然觉得那不应该叫喜欢。

"来表演一个啊。"妈妈忽然来了兴致,"我们家莞尔的钢琴进步很快哦,来,给叔叔阿姨表演一个!"

我有些木木地坐到钢琴旁,木木地弹完了一首木木的曲子。

弹奏结束,大人们都给了我热烈的掌声,只有叶天宇缩在墙角,在掌声过后撇着嘴说了一句:"叮叮咚咚的,也不知道有什么意思?"

张阿姨用力地打了他一下,说:"不懂就不要乱讲,跟妹妹学着点。"

"我才不要学!"他很凶地说,"学那个有什么意思?"

"对,男孩子不要学。"妈妈替他打圆场,"天宇以后长大了想当什么?"

"警察!"他举着手里的枪得意扬扬地说。

这回轮到我撇嘴,不过好在他没看见。

没过多久,妈妈就收天宇做了干儿子。

张阿姨高兴得要命,说她家世代都是工人,这样一来,天宇也算是半只脚踏进知识分子的家庭了。

妈妈是真的很疼天宇,给我买好吃的好玩的,从不忘给叶天宇备上一份儿,每个星期天还把他带到我家替他补习功课。

叶天宇也很喜欢我妈妈，他俩曾经拍过一张照片，照片上俩人相互搂着，看上去比亲母子还要亲密。后来，这张照片一直放在我家客厅很显眼的位置。

不过，我并不为此而感到心理不平衡，恰恰相反，我还挺喜欢和叶天宇一起玩。

叶天宇本来在一所师资没那么好的小学读书，还是我爸爸求了他的老同学，叶天宇才作为转校生，跟我成了校友，不过，他比我高几个年级。

有一天放学后，学校的操场上，一个男生揪我的小辫子玩，我疼得满眼都是泪。

这一切被叶天宇看到了。

他像只小豹子一样冲上来，把那个男生压在地上压得喘不过气。

后来，谁也不敢再欺负我。

同班的女生们都羡慕我有一个可以替我出头的哥哥。但其实，叶天宇和我之间也没什么话好讲的，特别是在学校，他见了我最喜欢说的一句话就是："小丫头，一边去！"

天宇的爸爸叶伯伯也是个很和气的人，他对天宇相当疼爱。很多个周末，我们都可以看到他在小区的广场陪天宇打羽毛球。打累了，他就去附近的商店给天宇买一支雪糕，总是耐心地替天宇剥掉雪糕外的那层纸才递给他。

要是碰巧我过去了，往往天宇都会直接把雪糕往我手里一塞，说："你来得正好，这种东西腻死了，你替我吃掉它！"

我呢，每次都会毫不客气地接过，一边甜甜地吃着雪糕，一边担任起啦啦队队员的角色，为他们父子俩呐喊助威。

只可惜上天没眼。

叶天宇十一岁那年，叶伯伯死于工伤。听说一整面墙都倒了下来，把叶伯伯压了个血肉模糊。

葬礼那天我也去了，张阿姨哭得死去活来，而天宇一滴眼泪也没有掉。他抱臂坐在那里，身后的墙是灰黑色的，他脸上的表情是一种近乎骄傲的倔强的坚持。

那是叶天宇留在我脑海里最深刻的形象。

很多次，只要我一想起他，都是这样的一组画面：雾蓝色的天空，张阿姨凄厉而绝望的哭声，紧咬嘴唇沉默不语的失去父亲的孤单少年。

我走近他，想要说些什么，却发现，在这样的情境下，我压根不知道到底该说什么才好。

于是，我也只能在他身边坐下来。然后，我把摊开的手掌伸到他面前，掌心里，是一个很大很大的彩色玻璃球，那是他跟我要了很久我都没有给他的东西。

他没有接，而是轻轻地推开我的手，起身走掉了。

叶伯伯走后，天宇家的日子就艰难了许多。

为了更好地供天宇读书，除了平时的工作之外，张阿姨每天凌晨四点钟就要起床，她找了份兼职，在小区里挨家挨户送牛奶。

爸爸妈妈心疼张阿姨和天宇，总会找各种借口送些钱过去，但每一次都被张阿姨原封不动地退回来。

妈妈被张阿姨的善良和坚强打动，于是更加疼天宇了，怕天宇在学校吃不好，每天中午都让他到我家来吃饭。只要天宇在，他最喜欢吃的糖醋排骨就常常出现在饭桌上。

就这样，半年过去了。

夏天的中午总是炎热而又漫长，从我们家餐厅的窗户看出去，天空单调得一塌糊涂，只有一朵看上去又大又呆的云。

天宇不喜欢做功课，就趴在桌上玩一本游戏书，那本书上面全是密密的迷宫地图，要费很大的劲才能找到出口。我一看到那东西就头疼，天宇却乐此不疲，他总是对我说："不管多难找，一定会找到出口的。"

我不理他，埋下头认真写作业。

十岁的我是个人见人爱的乖女孩，每一次考试都可以拿第一，钢琴也顺利考过了八级。在鲜花和掌声铺就的道路上长大的我从没有想过，就是在那一年，我遇到了一个很大的挫折：竞选班长失败。

我真的没有想到自己会失败。

而且是败给了一个在我看来毫不起眼的对手。

竞选结果出来的时候，我几近虚脱，但是我没有哭，而是希望能有一个人可以给我一个合理的解释。但是没有，一向最疼我的班主任也没有安慰我，只是无可奈何地对我说："也许，你该自己想想是什么原因。"

整整一天，我不知道自己是怎么过的，自尊心不允许我掉一滴眼泪，但是无论是谁说话，我都疑心是在讥笑我。

放学后，我破天荒地没有按时回家，而是一个人跑到大街上去闲逛。我背着硕大的书包漫无目的、充满忧伤地走在城市渐渐冷清的大街上，第一次想到了死。

虽然我曾参加过叶伯伯的葬礼，但"死亡"依然是一个在我那样的年纪无法真正体会到的冷酷的词。

于是我去了河边。

"苏莞尔，你真没用。"我坐在河边骂自己。

"苏莞尔，跳吧，跳下去一了百了。"

"苏莞尔，没什么，明年还会竞选，你还有机会。"

……

我在内心跟自己进行着激烈的斗争,完全不知道,天色已经越来越晚,危险也在步步临近。

就在我痛苦不已的时候,一个喝醉酒的流浪汉跌撞到我身边,他满身的酒气,晃晃悠悠地问我:"这么晚了,你不回家在这里做什么啊?"

他的衣服看上去脏极了,眼睛是血红的,只这一句话,就酒气熏人。

我吓得跳起来就跑。谁知,那人见状竟然一直跟跟跄跄地跟着我,我吓坏了,回头朝他大声地喊道:"滚,滚远点!"

他没有滚,而是猛地朝我扑过来,把我整个人压到了身子底下。当时我的脑子一片混乱,嗡嗡乱响,好像根本不运转了。就在我快要晕过去的时候,突然传来一声呵斥,接着,那醉汉似乎被什么东西击中了头部,软软地倒到一边去了。

救我的人,是叶天宇。

看到他的那一刻,我没忍住,号啕大哭起来,他一把把我从地上拎起来,紧紧地抱住了我。

在路人的帮助下,警察很快就赶到现场并处理了此事。醉汉终于被带走了,而爸爸妈妈也正在赶来的途中。

因为受到过度的惊吓,我一直躲在天宇的怀里瑟瑟发抖,他闷声闷气地安慰我:"没事了,有我在,没事了。"

一位民警问天宇:"你是她什么人?"

他看了民警一眼,淡淡地说:"哥。"

那是叶天宇第一次在公开场合承认他是我哥哥。

我一边哭一边感受到一种说不出的温情,他却开始不耐烦地说我:"好了,怎么还没完没了?"被他一凶,我哭得更厉害了。

叶天宇见状,只好低声下气地说:"哭吧哭吧,怕了你了。"

泪眼模糊中,我看着他拧起的眉毛,哭声终于渐渐地小了下去。而他的脸上,竟然好像有了笑意。

没选上班长的事情就这样过去了。爸爸和妈妈竟然也没有多提。不过我一直后怕,也很后悔那天的冲动,要不是天宇找到我,真不知道会发生什么可怕的事情。

后来,每次放学,我总能感觉到有人在身后跟着我,回头却又看不见人。终于有一次,我发现了,那个跟着我的人,就是叶天宇。

他就那么不远不近地跟着我,嘴里叼着一根铅笔。

"喂。"我走近了问他,"你怎么叼着铅笔?"

他毫不在乎地说:"小丫头管不着。"

"是不是你老跟着我?"

"你妈让我看着你点儿。"他说。

"我没事的。"

"那是最好。"

"你不要装混混,你妈知道会伤心的。"

"我都说了,小丫头不要管这些!"他把笔扔到地上说,"你干吗不找个好朋友每天陪你回家呢,人家小姑娘都是成双成对的。我也用不着这么累!"

我大喊起来:"不要你管!"

"那么骄傲做什么?"他很不屑的样子。

叶天宇不知道,他的不屑恰好触到我心里最大的痛处。

是的,我是没有朋友,因为太优秀,所以太孤独。但是,这关他什么事呢,他凭什么用这种不屑的口气来跟我说这些呢?

我的自尊心在瞬间分崩离析,还好,在眼泪掉下来之前,我转身跑掉了。

那天晚上,我的脑子里一直都回响着天宇的话:"那么骄傲做什么,那么骄傲做什么,那么骄傲做什么……"

好像从来都没有人这样批评过我。

我真的是那样的吗?

这种自我审视让我觉得难受极了。

好像就是从那天起,我便开始刻意地躲着他了。他来我家吃饭时，我就飞快地吃完，跑到一旁看书去，我不想和他说话。当然，他也不会主动和我说话。

我们的关系变得又奇怪又僵持。

有一天，体育课后，我经过学校的小卖部，看到有很多同学围着一位阿姨在买冰水喝，天宇也在。我看他悄悄拿了两瓶水，摸摸口袋，看到我在附近，又无奈地放回去了。

那天回到家后，我忍不住把这件事告诉了妈妈，妈妈听完也没吱声。但我知道，她开始给天宇零花钱了，他来我家一次，我妈就给一次。我敢打赌，我妈每个月给他的零花钱肯定比给我的多得多。不过，这件事张阿姨一直都不知道。

我们在路上擦肩而过的时候，谁也不理谁。

就这样子，我们离得越来越远。

一个周末，小舅结束旅行，从新疆带回来很多马奶子葡萄，妈妈和我拎了一大盒送去张阿姨家。

我和妈妈才走进张阿姨家的大门，就看见她正拎着一条皮带追着天宇打，一边打一边流着泪骂："小小年纪你就学会了拿别人的东西，看我不打断你的腿！"天宇被打得满屋子上蹿下跳，像只尾巴着了火的猴子。

妈妈心疼极了，尖叫一声扑了过去，想要拦住张阿姨，可她还没走上前，张阿姨便扑通一声倒在了地上。

我们将张阿姨送到医院，做完各项检查后，医生便给出了诊断结果：胃癌，晚期。

这一纸宣判，短短数字，冰冷入骨。

就这样，天宇尚未成年，却先后失去了双亲。

记忆里，那是一个相当冷的冬天。

医院长长的走廊里充满了消毒水的气味，我看到天宇用拳头紧紧地堵住了嘴巴，我能听到他极力忍住发出的低声呜咽，像只被困的小兽。

我的心尖锐地疼起来，眼泪抢先一步落了下来，妈妈凑过去搂住他，爸爸则飞快地拉走了我。

没有想到的是，那是我儿时最后一次见到天宇。

张阿姨去世后，天宇住到了他唯一的亲戚，也就是他叔叔家。

叶天宇升了初中后，我们便不在一个学校读书了。而且他们家以前的房子很快就被卖掉了，不知道为什么，他叔叔不喜欢我们和天宇来往，妈妈打电话过去的时候，他们常常都不接。

于是，有很长一段时间，我们都没有叶天宇的半点消息。

叶天宇十六岁生日的时候，爸爸妈妈和我带着礼物到他叔叔家去探望他，可是却被邻居告知，他们已经搬走了。那个有些吐字不清的女邻居说："都怪他们领养了他哥哥的小孩，那个小孩是个灾星，克死了父母，如今又让他叔叔的生意一落千丈，不能沾啊，沾上他要吓死人的。"

"到底搬到哪里去了？"妈妈不死心地问，"一点也没说吗？"

"东北吧，挺远的一个地方。"女邻居说完这话，就砰地关上门，再不理我们了。

那晚妈妈哭了很久。

之后的很多日子，她总是说她这个干妈没尽到应尽的责任，不知道天宇过得好不好，要是过得不好，张阿姨在天之灵也会不安的。

爸爸搂着她的双肩安慰她："放心吧，一定会有再见面的一天。天宇这孩子其实挺重感情的，他不会忘掉你这个干妈的，再说，没人管了也许会更懂事呢。"

我当时觉得老爸的话挺有道理的，只是没想到这一别，就是整整六年。

不知道为什么，在分别的这六年里，我常常会想起他。

一个人走过学校操场的时候会想起他，在大大的饭桌上做作业的时候会想起他，他就像是儿时曾聆听过的一首歌，不管你喜欢还是不喜欢，那熟悉的旋律总是想忘也忘不掉。

THREE

走不进一扇回忆的门

第二天一早，我在校门口碰到了鱼丁，她好像心情好多了。

"鱼丁，"我看着她，跟她说，"我昨晚见到他了。"

"谁？"鱼丁疑惑。

"他。"我说，"我常常跟你提起的那个，小时候那个。"

"叶天宇？"鱼丁把我的书包往空中一甩，兴奋地尖叫起来，"怎么，他是不是终于去你家了？"

我把昨天的事一讲，鱼丁听后懊恼道："苏莞尔，我昨天怎么着也应该陪你，不该先走掉的呀。"

"我真没想到会跟他这么戏剧性地相逢。"我说，"我差不多整晚没睡着。不知道为什么，我的心乱得很。"

"有什么好乱的？"鱼丁安慰我，"你不要想那么多，也许他没你想象的那么坏呢。"

"都跟拦路抢劫的做朋友了，还能好到哪里去？"我叹了一口气。

"是啊。你天天念着的青梅竹马的人和你想象中不一样了，是挺失望的。我挺理解你的。"鱼丁死坏死坏，故意说些我不爱听的话。

我把头埋在她肩膀上沉默不语。

鱼丁打着哈欠说："像你这样对童年孜孜不倦地回忆的女生，真的是很难找到了，我可是连一年前的事情都不愿意再去想。"

"是吗？"我笑笑，"那就好，这代表着，一年后，你就可以忘掉那该死的简凡了。"

"是哦是哦。"鱼丁说，"我要是忘不掉他，我不是人哦！"

我们俩在嘻嘻哈哈的时候，就看到简凡站在前方离我们不远的地方，正指手画脚地和两个女生说着什么。于是我们赶紧收起笑往学校大门跑去，经过简凡身边的时候，我明显感觉到鱼丁稍微停留了一下，被我一带，也只好低着头继续往前冲了。

上午的考试，我考得一塌糊涂，题目很难。考试结束，同学们从考场内出来时，都是一副垂头丧气的样子。中午的时候，我趴在课桌上，迷迷糊糊地就快要睡着了。恍恍惚惚间，也不知道我怎么就回到家里了。正准备打个盹，又似乎听到有人在敲门，我提起精神走到门前，打开门时，竟看到了叶天宇。

他的头发有些长了，面色苍白，看着我的眼神似笑非笑。

我正要喊他，他却一溜烟消失了，可仍有"咚咚"的敲门声响个不停。

我努力地睁开眼。

不是敲门，是有人在敲我的桌子，把我给敲醒了。

"苏莞尔，"他说，"对不起，吵醒你了，借一步说话好吗？"

是——简凡。

找我？？

被简凡这么一吓，我立刻清醒了许多，我问他："找我有事吗？"

"是这样的。"简凡从身后拿出几本杂志对我说，"我中午找到这些你发表的文章仔细看了看，写得真是好。我之前都不知道，原来咱们学校还有你这样一个才女。我想问问，你是否愿意为我们校文学社的刊物写点文章呢？"

"喂！"我哭笑不得，人也完全清醒了，"这两天期中考试呢，你有没有搞错？"

"不是要你这两天写。"简凡说，"你月底前给我就行！"

"可是，"这人的行事风格真是古怪，我啼笑皆非地说，

"就算是这样，也不必这么急着来约稿吧。"

"你是大牌，要提前预约啊。"他摸摸后脑勺说，"我真是孤陋寡闻，到今天早上才知道天天跟史渝在一起的人就是苏莞尔。"

"别再责备鱼丁了。"我说。

"我没责备她，"他说，"我不过问清事实而已。"

"女生有女生的自尊，你再咄咄逼人就不像君子了。"

"是。"他意想不到地老实。

"好的。"我说，"我月底前争取给你一篇稿件，只要你不嫌弃。"

他向我点头，留下他的QQ号，并要走了我的QQ号，这才心满意足地离开。

简凡刚走，鱼丁就来了，她递给我一个微热的汉堡，还有一杯红茶，急切地说："饿坏了吧？麦当劳排队排老长，小姐姐动作巨慢，我差点没当场发功。"

我掏钱给她，她一把压住我的手，恶狠狠地说："想我对你发功呀。"

罢罢罢，十个我也打不过一个她。

"今天放学后我要去见叶天宇。"我近乎是以命令的语气对她说，"你要陪我去。"

"我可不做电灯泡！"她把头昂起来。

我把肿着的眼睛一瞪，她立马又改口道："保镖我义不容辞！"

这还差不多！

几经打探，我找到了叶天宇打工的地方。

我和鱼丁折腾了一路终于到了，正巧碰上工厂下班，我们在马路边站了好一会儿，我终于看到了叶天宇。人群中，他背着一个松松垮垮的大包，和几个人一起出了厂门，边上并排走着一个女生。

红灯亮起，他抬头张望，看到了我和鱼丁。

他的脸上闪过一丝惊讶，冷冷地问我："你怎么会在这里？"

那个女生上下打量着我，说："小妹妹，你可要小心点，别跟着这个哥哥学坏了哦。"

叶天宇把脸一板，捏起嗓子说："就是！别在这里浪费时间，还不快点回家做你的功课去！"

"挺有兄长样的嘛。"鱼丁插话，"难怪我们莞尔对你念念不忘。"

"你是谁？"叶天宇皱着眉头看着鱼丁。

"莞尔的保镖。"鱼丁振振有词地说道，"谁敢欺负她，我可不答应。"

"是吗?"叶天宇挑挑眉再抱抱拳,"那你保护好她,在下先走一步!"说完,他一把拉过旁边的女生,以夸张的步伐摇摇晃晃地向前走去。

"叶天宇,"我追上他,"下周六是我妈妈的生日。"

"关我什么事?你再烦我,扔你进大海!"

"你再凶她,扔你进大海!"好鱼丁,手一叉腰,往我面前一挡!

"挺厉害啊,小姑娘,要扔先扔了我。"说话的是那天和叶天宇一起的叫猪豆的家伙。

鱼丁不言不语,轻轻地一伸手一抬脚,猪豆就"哎哟"一声躺到了地上。

我赶紧凑到鱼丁耳边说:"别卖弄了。"

"你!"鱼丁下巴一抬,直直地看着叶天宇,"跟我们走一趟!"

"Yes,Madam(是,女士)!"叶天宇拍拍掌走过来,两只长臂一伸,一边一个搂住了我和鱼丁。我当时就羞红了脸,鱼丁则像点着了的爆竹,一下跳得老远,然后一边跑一边回头说:"我在公共汽车站等你们!"

叶天宇的手放在我的肩上,重若千斤。我通红着脸,不知道该推还是不该推。

他看着我的窘样，刻薄地笑起来："怎么，跟我没话说？"

世界静止了好几秒，直到我终于轻轻地推开他。

他迈着大步，头也不回地一直向前走。

我一路跟着叶天宇上了公共汽车。这时正是下班的高峰期，车厢里人很多，好不容易等到一个座位，叶天宇示意我坐。鱼丁撇撇嘴说："别忘了我也是女生。"

"你？"叶天宇说，"没看出来。"

我偷偷地笑。这是他在车上说的唯一一句话。

我们在闹市口下了车，我对他说："我想跟你聊聊，十分钟就可以了。"

"没什么好聊的，过去的事我全都忘了，你别自讨没趣！"叶天宇翻脸比翻书还快。

"喂！你这人怎么说话呢！"鱼丁打抱不平，"装酷是不是啊？"

我拉开鱼丁，低声求她："让我单独跟他说两句。"

鱼丁无可奈何地拍拍我说："好吧，你自己小心，有事打我电话，我一直开着机。"说完，鱼丁转身离开了。

叶天宇指着鱼丁的背影说："这小姑娘武功不错啊，你哪里找来的？"

"叶天宇，"我不回答他的问题，直接说道，"我妈妈真的很想你。你就不能回去看看她吗？"

"是吗？"他坏坏地笑着说，"你想不想我呢？"

我被他堵得说不出话来。

过了半晌，他还是说话了："你烦不烦？你要我说多少遍，过去的事我全忘光了！"

"你少骗自己了！"我说，"你给一个理由，为什么不愿意见我们？"

"不愿意就是不愿意！"他脖子一梗说，"还要什么理由？"

风吹过人潮汹涌的十字街头，我们就这样面对面地站着，我看着他，他看着我。我倔强地，就是不肯移开目光。

不知道过了多久，他败下阵来，无可奈何却又语气坚定地对我说："你以后再也不许来找我！"

说完，他头也不回地走掉了。

我心情沉闷地回到家，把自己关在房间里生闷气。老妈砰一下撞开我的门说："拜托你也把自己的窝收拾一下，人家都说狗窝狗窝，我看你这里连狗都不愿意来住！收拾好才准吃饭！"

我放眼一看，四周挺干净的，怎么也没有她说的那么夸张。不过我一向听话,她让收拾就收拾呗,反正也没那么多活儿,何况是在她心情不好的时候,还是乖一点比较识相。说句实话,我的房间要说乱呢,也就是书橱乱一些,反正有些书不想要了,正好收拾出来放到小阁楼里去。

翻着翻着,我忽然看到一本很久没翻过的书,那是叶天宇以前老玩的那本游戏书——《迷宫地图》。我翻开来,里面好多页都被叶天宇用红笔画过了,那些歪歪扭扭的线让我清晰地想起他以前玩这种游戏时固执的傻样。

我一把将书扔进纸袋里,心想,这个该死的叶天宇,就让他见鬼去吧。

人与人之间都是有缘分的,而我和叶天宇的缘分值,从张阿姨走的那个冬夜起,就归零了。那些青梅竹马的青涩记忆,也只是我成长中依赖的一份温暖的错觉,不能作数的。忘了,就忘了吧。

FOUR

我是你的旋木吗

　　冬天来了，天真的是冷得不可思议，我也真的是一个字都写不出来。我答应简凡给校刊的稿子也一直没给他，他很生气地对鱼丁说："我会等下去的！我相信，总有一天她会兑现她的承诺的！"

　　鱼丁跟我说这些的时候笑嘻嘻的，她穿了新的棉衣，是"播"牌的，红色。我喜欢这个衣服品牌的那个模特儿，不算漂亮但特有气质，还有他们在杂志上所写的广告文案，很有新意。鱼丁哈着气，把新一期的校刊递给我，上面有简凡的一篇小说，小说的名字叫《我是你的旋木吗》，放在头版，很醒目的位置。

　　鱼丁说："写得挺好呢，你看看吧。"

　　那些天，鱼丁像是着了魔，整天都在唱王菲那首名叫《旋木》的歌。

下课的时候,她趴在课桌上,眼睛看着窗外,轻轻地哼唱着:

拥有华丽的外表和绚烂的灯光

我是匹旋转木马

身在这天堂

只为了满足孩子的梦想

爬到我背上就带你去翱翔

我忘了只能原地奔跑的那忧伤

我也忘了自己是永远被锁上

不管我能够陪你有多长

至少能让你幻想与我飞翔

……………

鱼丁的嗓音是略粗的、有些沙哑的那种,唱王菲的歌时别有一番滋味。我靠着她静静地听她哼唱,冬天的阳光带着一种懒洋洋的金色从窗外射进来,让我心折。

晚上回到家里,电子邮箱里躺着那首王菲的新歌,信是简凡写来的,他说:"每一个人都愿意围着一个人打转,永不停止,一直守望。谁,会是你的旋木呢?你,又是谁的旋木呢?

这首歌，送给你，你要快乐。"

你要快乐。

很久都没有人跟我说过这样的话了。

那天晚上，我居然又梦到叶天宇。他一直在笑，阳光照着他的头发，他的头发是金黄色的。

书上说，因为想念才会入梦。

我因为这个梦而恨自己。一肚子的郁闷不知道应该如何表达，早上刷牙的时候就不知不觉地铆足了劲，弄得一嘴巴全是泡沫。

爸爸敲敲卫生间的门，有些焦急地说："莞尔，你快点，你妈妈身体不太舒服，我要送她到医院去。"

"啊？"我赶紧把门推开问，"妈怎么了？"

"发了一晚上的烧，早上还不见退。"爸爸说，"看样子要打吊瓶才行，你自己到街上买点早饭吃吧。"

我跑到妈妈房间里去看她，她好像真的病得很厉害，脸颊通红，不断咳嗽，躺在床上一副有气无力的样子。

"妈妈，妈妈，"我说，"爸爸这就带你打吊瓶去哦。"

"你别管我了，快去上学吧。"妈妈声音微弱地说。

我在上学的路上又想哭了。妈妈的身体其实一直都不是很好，她有糖尿病，心脏也有点小问题，我总是让她生气，不理解也不把她的愿望放在心上。

因为惦念着妈妈，一上午的课都上得恍惚，中午的时候我不放心，打了爸爸的手机，爸爸说："你妈妈得的是急性肺炎，要在医院里住几天。"

祸不单行。下午最后一堂课前，班主任把我从教室里叫到了校长室。年轻的副校长铁青着脸把两张纸往桌上一扔："说！你那天为什么要撒谎？"

我隐约知道校长说的是何事，于是低下了头不应声。

"现在是你将功补过的时候，"校长说，"那个叶天宇，昨天在百乐门广场伤了人，正在潜逃。如果你知道他在哪里，希望你马上说出来。"

"伤人？潜逃？"我惊讶地抬起头。

"昨晚六点半，他们在百乐门广场聚众斗殴，被打的人说是叶天宇打的。"

我脑子里轰轰乱响，差点站不稳。

"我们要通知你的家长。"校长冷冰冰地说，"你最好说清楚你和这个叶天宇到底是什么关系。"

我双腿发软地回到教室，鱼丁迎上来问我："出什么事了？"

"叶天宇出事了。"我低声说，"昨天，他在百乐门广场把人打伤了。"

"啊？"鱼丁尖叫，"连累到你了吗？"

"倒不是连累我了，听说他畏罪潜逃，不知道逃到哪里去了。"

"你担心他？"鱼丁一脸坏笑地说，"不是早上还跟我说让我从此不要再提这个人？"

"我心里乱得很。"我说，"鱼丁，我心里真的乱得很。"

"我理解。"鱼丁收起那张似笑非笑的脸，握住我的手说，"放心吧，会过去的。"

放学后，我急匆匆地往医院赶，妈妈还在医院，估计老师还没有通知到她和爸爸，不过我应该在这之前给他们一个解释。可是等我到了医院，却一个字也吐不出来，妈妈躺在病床上睡着了，很累很倦的样子，吊瓶里的药水一点一点在往下滴。

我问爸爸："妈妈怎么样？"

"病来如山倒。"爸爸说，"她太累了，正好休息休息。莞尔你先回家，自己随便弄点吃的，外婆待会儿会给你妈送吃的。"

我还是坐公共汽车回家。这时候的公共汽车远没有白天拥挤，空空荡荡的，一路上摇晃着，像很多旧电影里的场景。我独自上了楼，走到家门口的时候，一个人影闪出来，一只手忽地拉住了我,另一只手随即捂住了我的嘴。

"快开门。进去再说!"

是叶天宇!

我顺从地开了门,把他带到房间里,他好像渴坏了,一进来就到冰箱里找水喝。虽说叶天宇六年没来我家,但他仍旧熟门熟路。

"自首去。"我说,"警察到处在找你。"

"你怎么知道?"他显然吓了一大跳。

"他们,已经找过我了。"

"喊!"叶天宇站起身来说,"你有多少钱,先借我,以后一定还你。"

"你还是去自首吧。"我说,"难道你要这样过一辈子?"

"小丫头片子懂什么?"他说道,"你就说吧,是借还是不借?"

"我妈现在在医院,她病了。"

"她也知道了?"叶天宇好像很紧张。

"没。"我说,"我还没来得及跟她说,不过,我想我们老师应该很快就要告诉她了。"

天渐渐暗了下来,我开了灯。叶天宇忽然用一种漫不经心的语气问我:"我是不是让你特失望?"

"也不全是。"我把他和妈妈的合影从玻璃橱里拿出来说，"我妈对你这么好，可是你为什么这么多年都不来找我们？"

他打断我："好了，别说这些，到底有没有钱借给我？"

"一定要跑吗？"我说，"还有别的办法的。"

"你有什么办法？"他看着我问。

我动用我有限的法律知识："你投案自首，会从轻处理的。"

他哈哈笑起来："好吧，告诉你也无所谓，其实，我昨天根本就不在百乐门广场，人是猪豆打伤的。猪豆平时胆子挺小，可是那小子竟然敢骂他妈，猪豆一冲动就把人打了，而且是对方先动的手。我当时要是在，绝不会让他干这种蠢事。反正现在警察怀疑的是我，如果警察找不到我，猪豆就安全了。"

"为什么替他顶罪？"我问，"为什么那么傻？"

"你有没有试过没饭吃饿得小腿肚都抽筋？你有没有试过大风大雨的夜里无家可归？"叶天宇冷笑着说，"十六岁起，我就从叔叔家出来一个人住了，猪豆是我唯一的朋友，要不是他，我早就退学了。猪豆他妈妈真的是个好人，就像你妈一样，对我没话讲。我一个人无牵无挂到哪里都无所谓，可是猪豆是他妈最大的希望，他要有什么事，他妈也活不了。"

"可是，你为什么不回来找我们？"

"非亲非故，"叶天宇冷酷地说，"我凭什么来找你们？"

"我不会让你走的。"我说,"妈妈也不会让你走的。任何事情都有解决的办法,你相信我,一定会有的。"

叶天宇说:"你自小语文就好,你应该明白什么叫走投无路吧。"

我冲到小阁楼,拿出那本他曾经非常钟爱的《迷宫地图》递到他面前:"你曾经说过,一定可以有一条路走得通的。你看看,你忘记了吗?"

他呆呆地看着那本书,愣了好久,嘴唇轻微地动着,我大气也不敢出,甚至以为他要哭了。谁知道他却粗鲁地扯过我手里的书,毫不犹豫地扔到了窗外。

然后,他夺门而出。这个疯子!

过了十分钟,我正上厕所,门铃响了,一声比一声急促。

爸爸妈妈都在医院里,这个时候来的会是谁?难道是叶天宇觉得刚才的行为过于激烈回来跟我道歉了?

我开了门。

门外站着的是我的班主任和一个警察。

班主任看到我,说:"我们还以为你们家没人呢!"

"我在洗手间。"我甩甩手上的水滴回道。

班主任板着脸严肃地问我:"你爸爸妈妈去哪里了?"

"我妈妈生病了,他们在医院。"

"就你一个人在家？"警察探头朝里望望，问我。

我点点头。

房间里静极了，警察看着我，我也看着他。

班主任见状，连忙拍拍我的肩安慰道："没事没事，还不是怕你有危险嘛。叶天宇可是一个危险人物，警察怕他来这里伤害到你，你只要把你知道的说出来就好了。"

我强迫自己镇定下来，走上前去拿起我妈妈和叶天宇的合影说："瞧，他是我妈的干儿子。我们很多年前就认识了。"

警察突然指着顶上的小阁楼问我："上面是什么？"

"小阁楼。"我说，"我家堆放杂物的地方。"

"厨房的楼梯应该通往那里的吧？我们上去看看。"

"不要！"我跳起来拦住他们，"上面有好多老鼠，我爸爸已经打算要封掉那里了，让我们暂时不要上去，要是让老鼠跑到家里来就麻烦了。"

"只怕会是一只'大老鼠'。"警察话中有话，两人根本就不听我的，话音刚落，就迅速进了厨房，猫着腰往小阁楼上爬。

就在这时，家里的电话响了起来。

我接起来，冲着听筒大喊一声："叶天宇，你在哪里？"

警察一听我喊叶天宇的名字，阁楼也不去了，又转身连忙冲了下来。

可是电话那边什么声音也没有。

警察冲到我身边,用眼神示意我继续跟他讲话,我摇摇头,警察把电话接过去,那边传来的是"嘟嘟"挂断的声音。

"谁?"警察问,"我是说刚才那个电话是谁打的?"

"应该……是叶天宇。"

"他在哪里?"

"我也不知道啊。"我说。

"快去医院看看。"警察说完,拉着我们班主任就往外走。班主任一边走一边回头对我说:"苏莞尔,你自己在家小心点,不要随便开门。"

我表情僵硬地点着头。

等把门关上,我才发现自己已经满头大汗,强撑着走了两步,然后有气无力地跌坐到沙发上。

过了好一会儿,我家门铃再次响起。

我打开门,叶天宇斜靠在门边。看着我惊慌失措的样子,叶天宇伸手拍了拍我。

叶天宇这一拍,我的眼泪一下子被拍出来了。

不想让他看笑话,我别过头去,他走进屋,从桌上抽出一张纸巾递给我,说:"来,擦擦。"

我心里恨着他，把他的手拼命地一推，转身坐在沙发上不理他。纸巾从他手里飞出，如一只蝴蝶，轻飘飘地落到地上。

"我返回来就是想跟你说一个人在家注意安全。既然你不想理我，我走了。"他闷声闷气地说，然后朝门外走去。

就在他拉开门的刹那，我从沙发上弹起来，冲到他面前，大喊一声："叶天宇！"

"嗯？"他回头。

"你不可以就这样走掉！你不可以！"

"为什么呢？"他把手放在门把手上，笑着问我。

天，他居然还笑得出来。

我想了想，走过去，把手里的手机递给他说："这个给你，无论如何，不管你走到哪里，让我可以找到你。"

我的语气近乎恳求，他愣了一下。

"我是为了我妈妈。"我说，"她现在生病在医院，警察正在去找她的路上，我不想你有事，你不可以有事！"

说完，我又把口袋里所有的钱都掏出来。

他犹豫了一下，把钱接过去说："钱算我向你借的，手机就不要了，我会联系你。"

"不联系我你是猪！"我涨红了脸喊道。

他看着我，脸上的表情很古怪，想笑却又笑不出来的样子。

过了好一会儿，他拉开门，跑掉了。

我靠在门后，听着楼梯间传来的越来越远的慌乱的脚步声，终于没忍住，号啕大哭起来。

在我的记忆里，自打上学后，我从来没有这么夸张地哭过。我越想越伤心，越想越难过，越想越害怕，于是越哭越厉害，越哭越一发不可收拾。

不知道过了多久，爸爸回来了，他一推开门就朝我喊起来："死丫头，你知道天宇的情况为什么不告诉我们，你想气死你妈妈是不是？

"你老师把什么都告诉我了！"爸爸气得真是不轻，"你要是早一天说，也许天宇就不会去打伤人，更不会被抓起来！"

什么？他到底被抓起来了？

爸爸说："他刚才在医院，可能是想去看看伤者怎么样了，没想到正好遇到警察。"

我心里犹豫得要死，人根本就不是他伤的，我该不该把真相说出来呢？

"怎么办？"第二天一早，我六神无主地问鱼丁。

"先上学去。放学了我再陪你去找他。"鱼丁说，"听我的没错！"

我哪有心思上课啊，数学课拿出来的是英语书，英语课放桌上的是历史练习册。只是，让我没想到的是，都不用我去找猪豆，他自己就找上门来了。

我拖着鱼丁往学校外面跑去，跑出校门口，就看到猪豆蹲在那里，他的头发很脏乱，大衣胡乱地披在肩上，一看就是一夜没睡的样子。

"喂！"我喊他。

他抬起头来，一脸的惊喜："是你，我还以为要等到放学。"

我把他拉到一边，低声问他："叶天宇现在怎么样了？"

"那个傻瓜居然跑到医院去了！"猪豆抓着头发说，"我没有路子，你看看你爸爸妈妈能不能帮帮他？"

"怎么帮？"我冷着脸说，"人可是你伤的。"

他吓了一大跳："你知道了？"

"这世上没有不透风的墙。"

猪豆痛苦地说："天宇是个好兄弟，我一辈子欠他的。"

"自己做的事就要勇敢去面对。"我对猪豆说，"胆小鬼还谈什么兄弟义气？"

"你家里真的帮不了他？"猪豆绝望地问我。

"帮不了。"我狠狠心，又说，"你要做好准备，要是实在不行,我是会把真相说出来的。"

"我知道了。"猪豆朝我点点头,把手揣在裤袋里,摇摇晃晃地走掉了。

"说得好!"鱼丁在我身后说,"对这种人就不要留情。"

放学后,我怀着忐忑不安的心情去医院看妈妈,准备着迎接她对我一顿无情地责骂。我想好了,无论她怎么骂我,我都不还口,以不变应万变。

可是妈妈看到我时,却只是微微地点了点头,一直都没有骂我。

"妈妈,你好些了吗?"我问她。

"希望明天可以出院。"妈妈说,"莞尔,你觉得妈妈爱不爱你?"

"爱啊。"我说。

"那就行了。"妈妈说,"你是我的女儿,我不爱你爱谁去呢?"

"妈妈,对不起。"

我和妈妈正说着呢,爸爸进了病房,一进门就取下手套,大声地对我和妈妈说:"没事了,原来天宇那傻孩子是替别人顶罪的,那个真正犯事的小孩儿下午已经投案自首了。"

"那天宇没事了?"妈妈高兴地坐起来说,"他人呢,你见着了吗？"

"还没。"爸爸说，"我去公安局的时候，他已经被放走了。我打听到他的地址，先忙着过来给你报个喜，一会儿就去找他去！"

"太好了。"妈妈说，"我就说嘛，天宇是个好孩子，不会乱来的。我真想快点看到他，你别等了，现在就给我找他去！"

"我饿急了，"爸爸说，"容我先吃两口饭。"

"快点快点。"看妈妈的样子，真是急得不行。

"要不地址给我，我去吧。"我连忙站起身来说。

FIVE

有我在，没事了

捏在手里的纸条，已经有了微微的湿痕。

我把它展开来，上面是爸爸的字迹：古更巷138-2号。

纸条上所写的地址一带都是平房，比我们家那块儿还要显得古老。街道又窄又脏，门牌上面的号码已经斑驳脱落。我找了许久，又问又猜才到了叶天宇家的门口。那扇暗红色的木门紧闭着，我敲了半天，没人应我。

从窗户朝里望，漆黑一片，什么也看不见。

就在这时候，来了一个中年妇女，手里拎着一大篮子蔬菜，用探询的眼光看着我。我绕过她正要离开，却看到她走上前去砰砰地敲起叶天宇的门来，准确地说，那简直不是敲门，是擂门。

"别敲了，他不在家。"我忍不住说。

她回头问我："你是叶天宇什么人？"

"朋友。"我又问,"你也找他吗?"

中年妇女上下打量着我,说:"我是他房东。没见你来过,你是他什么朋友?"

我正不知道怎么答,门吱扭一声开了,叶天宇的头伸了出来,扯着嗓子喊:"好不容易睡一觉,谁在这里鬼敲乱敲?"

原来他在家睡觉!

"我就知道你在!"中年妇女一见他,面上一喜,嘴里急急地说,"你叔叔已经三个月没交房租了。要是再不给,你可别想再住在这里!"

"你问老头子要去啊,房子又不是我跟你租的。"叶天宇靠在门边,眯缝着眼睛,看到我,眼神里的意味是:你怎么也在这里?

"爸爸让我来找你。"我说。

中年妇女再次用疑惑的目光看着我。

叶天宇抬抬下巴,示意我进屋。

我有些迟疑。

"怕什么呢?"他没好气地说,"你可是自己找上门来的。"

中年妇女摇摇头,把菜篮子往地上一放,说:"我管不了这么多,你要是三天内不把钱给我,我就把房子租给别人,可别说我没有警告你。"

"哎哟！"叶天宇身子一晃，夸张地说，"您可真把我吓着了。"

没等那妇女答话，他又猛喝我："要进来就快点！"

我一脚刚踏进门内，叶天宇就在我身后骂骂咧咧地把门重重地关上了。房间里没有开灯，四周很暗，我有些不安地把手揣在口袋里，说："我妈想你去医院看看她，总之，你去也得去不去也得去。"

"呵呵，"他笑起来，"我要是不去你打算怎么办？"

我想了想，吐出两个字："求你。"

"哈哈。"他大笑。

上帝保佑，他笑完后终于把灯给点亮了，简单、破旧而凌乱的家，清晰地出现在我的面前。他没有请我坐下，而是自己坐了下去，把腿搭在那张摇摇欲坠的餐桌上，用一种幸灾乐祸的眼神看着我，缓缓地说："你求给我看看？"

我没有求，而是直接哭了。

我的心里难受到了极点，呼吸也像是被什么乱七八糟的东西给死死地堵住了。我弄不明白自己这样子到底是为什么，我不是一个爱哭的女生，可是你瞧，我却这样没有自尊、三番五次地在他面前哭泣。

我听到他短促地叹息了一声，然后看到他站起身来，踢开椅子，走到我面前。我等着他大发脾气，将我从他的屋子里拎起来扔出去，可是他没有，他轻轻地抱住了我，然后说："莞尔，你别哭啊。"

我的呼吸彻底"停止"，眼泪如决堤的潮水汹涌不停。

时光好像一下子回到了很多年前，那个黄昏，那个令我无比恐惧的小河边，那时他也是这样抱着我，闷声闷气地对我说："没事了，有我在，没事了。"我低头看着他肮脏得像船一样的大球鞋。

在这一瞬间，我才忽然明白，原来我关乎爱情的所有想象，其实都是从那个拥抱开始的。虽然这些年他都不在我身边，但这种感觉却陪着我一直穿过儿时和年少绵密拥挤的记忆一路走来，和我的每一个日子息息相关，深入骨髓，从来就不曾远离。

想明白这一点后，我面色涨红地推开了他。

他又要命地笑起来，用一种差不多是同情的眼光看着窘迫的我，说："好吧，走，咱们去医院。"

我如愿以偿，破涕为笑。

他无可奈何："怕了你。"

一刻钟后，妈妈终于见到了朝思暮想的叶天宇。眼看着老妈眼里的"洪水"就要泛滥，老爸连忙活跃气氛，把他往自己身边一拉，说："哟，都比我高出一个头啦。"

妈妈一边抹泪一边笑着说："我就知道他能长这么高，从小就一双大脚嘛！"在妈妈面前，他显得很不一样，那些油滑和粗暴统统都收了起来，表现得平和甚至羞涩。我偷偷地笑，被他发现，拿眼睛瞪了我好几秒。

"我一出院就和莞尔爸爸去找新房子，到时候你就住到我们家里来。"妈妈说，"这么小的孩子，一个人住怎么行？"

"没什么，习惯了。"他说。

"这么小的孩子……"妈妈拉着他的手，眼泪又开始往下掉。

我们母女俩真是有一拼！

他不说话，只是嘿嘿地傻笑。

那天，我们一直在病房待到护士提醒探视时间已过才离开。到了公共汽车站台，看看时间，应该还可以赶上最后一班。秋夜凉如水，我对他说："你先回去吧，不用送我。"

他并不搭话，车子来了，先我一步上车。

末班车，车厢里空空荡荡的，我们各坐一边，看窗外流动的风景，还是不说话。

下了车，他一直跟在我身后，就这样到了我家楼下，我又说道："不用送了，你快回去吧。"

"我答应过你爸爸送你到家。"他说,"快,上楼!别啰里啰唆的!"

怕他的怪脾气又上来,我低着头噌噌地往楼上冲,冲到一半的时候,我听到自己的肚子很响地叫了一声,这才想起来我还没有吃晚饭,他应该也没有吃吧。

我掏出钥匙开了门,见我开了灯,他在我身后说:"我走了。你一个人在家,自己把门锁好。"

"等等。"我说。

"怎么?"他回头。

"我……"我有些结巴地说,"我,我有点怕。"

他挠挠后脑勺。

"进来啊。"我说。

看他有些迟疑,我便学起了他下午的口气:"怕什么?是你自己要送我回来的!"

他笑,终于跨进我家的门,一边走一边说:"娇小姐没自己一个人在家待过吧,阁楼里的小老鼠估计就够你受的!"

我招呼他坐下,打开冰箱检查一番,谢天谢地,有菜。

电饭锅插着,看样子,应该是外婆来过了。我把菜放到微波炉里热了一下,盛了一大碗饭递到他面前:"吃点吧,我可是饿坏了。"

他估计也饿坏了，没扭捏就拿起了筷子。

两个人只吃饭不说话挺闷的，我只好没话找话："这么多年不见，我爸妈是不是都老了许多？"

"还好。"他说，"其实我那天就看到他们了，不过他们没有看到我。"

"哪天？"我有些吃惊。

他不答，埋头扒饭。我才猛然想起他被警察抓住的那天，原来他是偷偷去看爸爸妈妈了。

我的心里滚过一阵说不出的滋味，看着他。他长长的手伸过来在我头上打了一下说："看什么看！"

"你为什么一直都那么凶？"我问他。

"我说了我是粗人嘛。"他吃完了，扯过桌上的抹布就要擦嘴，我连忙夺过，递给他一张纸巾。他勉为其难地接过，在嘴上飞快地抹了一下，然后飞快地说："我要走了。"

那一夜，我睡得特别安稳。

SIX

谁可以给谁幸福

这一天,是简凡的生日,他让鱼丁来约我,想要请我们吃饭。

我说:"好啊。"

"耶!"鱼丁高兴到恨不得在大街上跳起来。我忽然觉得有些心酸,我这个笨笨的好朋友,她的心,是如此不遗余力地牵挂着一个男生的喜怒哀乐。

鱼丁说:"那放学后你先去接你妈出院,我去买礼物,我们约好七点半在花园餐厅的大门口见,怎么样?"

"OK(好的)!"我和她击掌。

放学后我就匆匆忙忙地走了。其实我并不是去接老妈,医生说她还没有完全康复,最快也要到明天才可以出院。我又去了叶天宇的家里,之所以不告诉鱼丁,是怕她乱讲。

可是叶天宇并不在家。我吸取了上次的教训,"擂"了半天的门也不见他出来，倒是又把隔壁的那个房东给"擂"出来了，她用好奇的语气问我："又来找他啊，他出去了。"

"他的房租交了吗？"我问。

"没。"

"应该是多少钱？"

"每月一百，三个月三百。怎么？"

我数出三百块钱给她，她有些惊喜地接过，又不甘心地说："我等于是半租半送，这样的房子打听一下，租给谁都可以要个二百左右的，我看他是个孩子，又没爹没妈的……哪知道他叔叔是这样子的人！咦，对了，你是他什么人？"

"你知道他去哪里了吗？"我问。

"看你的样子，和他平时结交的人不一样。"房东把钱收起来说，"你呀，还是听我一句劝，离他远一点。"

"请问你知不知道他去了哪里？"

那女人朝着我扬扬下巴说："往前走，左拐，活动室，他准在那里。"

我去了，所谓的活动室，其实就是一个棋牌室，大大小小摆着好多张麻将桌，我一下就看到了叶天宇，他就坐在门边，正和别人酣战。在我犹豫着要不要喊他的时候，他已经抬头看到了我，完全出乎我意料，他看到我时，脸上竟露出欣喜的神色，把面前的牌一推,站起身来对我大喊:"有事啊?就来就来!"

说完,人就离开桌子来到了我的面前。

"输了想溜啊!"他对面的男人站起身来扯住他说。

"我朋友在这里,给个面子啦。"叶天宇一把推开他,转身对我说,"走,还没吃晚饭呢,饿死我了。"

"回来!"那男人火了,"今天不满四圈谁也不许走!"

"咦?怕你不成?"叶天宇提高嗓门,一副毫不在乎的样子。麻将室里的人都齐齐朝着这边看过来。

"得,说话不算数的孬种!"男人摊开手说,"看在你朋友的分儿上,今天放你一马。"

"你找抽呢!"说着,叶天宇一拳打到那男人的胸口,那拳下得很重,男人往后退了一步,差一点撞翻身后的桌子。

"还不快走!"干完这一切,叶天宇大喝一声,拖着我就飞奔出了活动室。

他跑得飞快,我跌跌撞撞才勉强跟上他的步伐,就这样不知道跑了多久,他才停下来。

我惊魂未定地拍拍胸口,生气地说:"你到底要做什么呀,吓死人了。"

"嘿嘿。"他还好意思笑。

"今天是我来,你有没有想过,要是妈妈看到你这样会怎么想？！"

"我管她怎么想？我早跟你说过不要来找我！"他面无表情地说，"我明天就要搬家了，你以后都不要再来了。"

"你！"我气愤极了，冲他喊道，"刚才那个人骂得一点没错，你就是个孬种，孬种！"

他的脸色瞬间变了，看上去极为吓人，手也高高地举了起来。我喘着粗气倔强地看着他，我想好了，要是他敢打我，我就跳起来给他一耳光，我不怕他！

可是他没有动手，我们之间还没有决出胜负，已经有三四个人飞速地往这边冲了过来，嘴里高喊着："就这小子，别让他跑了！"

天，是棋牌室的那个男人，他竟然带着人来寻仇了！

而我和叶天宇无路可逃。

短短十几秒，我和叶天宇就被那几个家伙团团围住了。

这是一条非常偏僻的小巷，我环顾四周，估摸着这个时候，没人会经过这里。刚刚被叶天宇打过一拳的男人手里拿着一根不知道从哪里捡来的锈迹斑斑的铁棍挑衅地说："跑啊，再跑看看！"

"跑什么？"叶天宇靠到墙上满不在乎地说，"我跑不动了，想歇会儿。"

男人被叶天宇的满不在乎气得脸都紫了，用手指着叶天宇说："大爷我出来混的时候，你还只有这么丁点儿大！你不信我们今天就好好玩一玩，看到底谁更牛！"男人边说边用眼上下打量着我。

"你盯着她看干什么，她那个鬼样，老子一看就要吐！"叶天宇一定还在气我刚才骂他，对着那男人气哼哼地说。

"叶天宇！"我气愤极了，"你是个疯子！"

叶天宇流里流气地说："对，我是疯子。你不要跟疯子混在一起，识相的话就赶快回家吧。"

"我可没空看你们演戏，想着这妞儿替你去报警吧。"男人手里的铁棍就要指到我脸上来，"不过我可要提醒你，要报警动作要快，不然他很快就会半身不遂了！"

"是吗？那我们可说好了，今天不把我打到半身不遂，你就是没本事！"叶天宇说完，转身对着我咆哮道："你还不快滚！"

"我不会走的，"我说，"也不会让你打架！"

"叫你滚你就滚，不要缠着我！"叶天宇说着，一巴掌就挥到我脸上来，我惊讶地捂住脸，脸颊火辣辣地疼。这个粗鲁的、没有修养的、想出手就出手的浑蛋，我从没有想过，他竟真的会动手打我！眼泪掉落下来的那一刻，我大声地喊道："叶天宇，你这个疯子，我再也不会管你了，你被打死算啦！"

说完，我扭头狂奔。

我一边跑一边掉着眼泪，那边的小巷一条接一条，就像迷宫，我不知道跑了多久才跑到大路上，靠在路边的一棵树上大口大口地喘气。有人经过，用好奇的目光看我。脸颊的疼开始变得木木的，我的理智也渐渐恢复，这才忽然想起，不知道他怎么样了，会不会真的被揍得很惨？

就算他再混账，我又怎么可以丢下他不管？

这么一想，我立刻折身往之前的小巷狂奔。

可是，我已经找不到来时的路了。

夜幕降临，我完完全全迷失在陌生的城区曲曲折折的"迷宫"里。

很多坏念头开始上上下下地涌动，我拼了命才抑制住内心的后悔和恐惧，擦掉眼泪，强迫自己先镇定下来。好不容易先找到了那间棋牌室，再循着记忆继续向前，当我的腿已经完全不听自己使唤的时候，远远地，我终于看到了叶天宇。他蹲靠在小巷的墙边，头低着，一动不动。

我跑到他面前，也蹲下来。我觉得那一瞬间自己快要无法呼吸了！我从没受过如此的惊吓，一边摇他一边用变了调的声音拼命地喊他:"叶天宇,叶天宇,你怎么了,你不要吓我!"

"喊魂呢?老子还没死。"我听到他懒洋洋的声音,然后,他抬起了头。

血。

我看到了血。

我看不清他的五官和表情,只看到他的鼻孔里还有血往外冒。天啊,天啊,我尖叫着,虚虚晃晃、手忙脚乱地在书包里找东西想要替他擦拭,可是该死的书包里除了书还是书。我丢掉书包,脱下我的外套,但是他并不领情,而是一把推开我,摇摇晃晃地站起来,用袖子胡乱擦了一下脸上的血迹,独自往前走去。

他只走了两步,人就直直地往后倒了下来,被跟上去的我接个正着,但是他太重了,我根本就扶不住他,我们两人双双倒在了地上。

"对不起,对不起。"我看着鼻青脸肿的他,怎么也控制不住汹涌而下的泪水。他很不耐烦地说:"哭什么哭,再哭我还抽你!"

"怎么办,怎么办?"我拖着哭腔问,"要不要去医院?"

"不要!"叶天宇又顽强地站了起来,强装镇定若无其事地说，"扶我回去再说。"

短短的一条路，却仿佛走了一百公里，我们终于回到了叶天宇的家。我打开灯，把他扶到床边，让他躺下。想倒热水给他洗个脸，却发现他家只有一个空空的热水瓶，没有可以烧水的地方。

"用冷水。"他低声吩咐我，"到后面院子里接。"

我推开后门，借着房内的灯光看到那是一个杂草丛生的小院，很小，约莫只有两三平方米的样子，堆了一些乱七八糟的杂物，散发着一股难闻的气味。紧靠着后门边，立着一个高高的生了锈的水龙头。我一只手捂住鼻子，另一只手把它打开来，水出乎意料的大，要不是我闪得快，衣裳就湿透了。

我吸着气把一盆冷水端进屋，将毛巾扔进水里浸湿，刚伸进去，就冻得我双手发红。叶天宇躺在那里一动也不动，像是累到了极点。我发着抖，用冰冷的毛巾去擦拭他脸上的血。也许是觉得太冷，他迅速地睁了一下眼又迅速地闭上了。

换了整整三盆水，他的脸总算是干净了。我欣慰地发现，他脸上的伤痕不算太明显，而且血也不再流了。

"怎么样，"我轻声问他，"你确定不用去医院吗？"

"不用。"他嘟囔着。

"还是……去看一下吧。"我小心翼翼地帮他擦拭着脸颊，我实在放心不下，那帮人下手没个轻重，虽然现在他的脸上看着伤痕不重，但谁知道他身上是不是有别的伤口呢。

他不吱声，过了好半响才对我说："你去给我弄点跌打药，再弄点吃的。"

"去医院吧。"我差不多是用哀求的语气说道。

他眼睛猛地一瞪。

"好吧好吧。你不要乱动，等我回来。"我无可奈何地说，起身刚准备要走，他却一把拉住我说："等等。"

"怎么了？"

"你的那个朋友呢，会拳打脚踢的那个？"

呀，鱼丁。对啊，叶天宇不提我都忘了，今天是简凡的生日，我和鱼丁约好晚上在花园餐厅门口见呢，我都给忘得干干净净了！

叶天宇说："晚上这一带很乱，让她来陪你再出去。"

说曹操曹操到，就在这时，我的手机响了，正是鱼丁，刚一按下接听键，就听见她在电话那头气急败坏地喊："苏莞尔，你又耍大牌啊，我们都等你一刻钟了！"

"鱼丁，对不起。"我说，"今晚我不能来了。"

"啊！！"她在那边发出高分贝的尖叫。

"你听我说，"我走到屋角，背对着叶天宇对鱼丁说，"你赶快带着跌打药，带点吃的，马上来古更巷138-2号，我在这里等你。"

"出什么事情了？"鱼丁警觉地问。

"你别问了。我都不知道怎么办了，总之，你快来帮我。"我哭音重重地说，"不要告诉简凡，更不可以带他来，听到没有？"

"明白。"到底做了这么长时间的朋友，鱼丁一定从我的语气里听出了事情的严重性，没再多说话，利落地把电话挂了。

叶天宇的小屋很冷，我回转身，看他闭眼躺在那里，也看不出他究竟有多难受。我扯过床上的被子替他盖上，他闭着眼睛忽然对我说："你还是回家吧，这里不是你该来的地方。"

"你怎么样？到底疼不疼？"我问他。

"还撑得住。"他皱着眉说。

"鱼丁就来了。"我说，"我们等着，她比我有办法。"

他忽然叹口气："别告诉你妈妈。"

"不告诉也行，你得答应我一个条件。"

他的眼睛睁开了，看着我，闷声闷气地问："你有啥条件？"

"以后别再打架了。"我说。

他不回应我的话，嘿嘿笑了起来。都这样了，他居然还笑得出来。

我又气又恼，不自觉地伸出手去打他。他"哎哟"一声，疼得眉毛胡子都揪到了一块，吓得我又赶快问他："怎么样，没打到吧？"

"你这是要谋杀亲兄啊。"他说。

不知道为什么，这句话让我的心里软到无以复加。我头一低，怕自己又会掉泪，脸上却不由自主地微笑起来。

"简凡是谁？"他问我，"是不是你男朋友？"

"我没有男朋友。"我说。

"我才不信。"他把身子挪了一下。

"不信拉倒。"

"这不正倒着吗？"他哼着说，"那帮家伙下手真狠，我下次一定要他们好看！"

我托着脸颊说："我下次也一定要你好看。"

他嘿嘿地笑着说："我不是没办法嘛，不那样，我怕你不肯走啊，你哪知天高地厚，要是出什么事可就来不及了。"

"哼！"我学他的语调哼了一声，心里却早就原谅了他。

"还疼不疼？"他一反常态，温柔地问我，手伸到离我的脸很近的地方，却又忽然停住了。我的心快要从胸口里跳出来，跳起来去把门打开。他好像恢复一些了，嗓门儿也大起来："开门干吗呢？"

我真怕他又说出什么难听的话来，赶紧解释："这里难找，我怕鱼丁会找不到！"

他不再说话，又把眼睛闭了起来。我靠在门框上等鱼丁，仿佛等了半个世纪那么久，鱼丁终于出现在我的视线里，我大声地喊着她的名字迎上去，心不在焉的，以至于没留意脚下，差一点摔倒在地。

"喂，小心！"鱼丁一把抱住我，说，"到底咋了？我一路上心都怦怦跳。麦当劳的队又排得老长，真是要多倒霉有多倒霉。"

"叶天宇被人打了。"闻到麦当劳的香味，我把她手里的袋子接过来，压低声音说，"我都怕死了。"

"哦，在哪里，快带我去看看。"鱼丁拉着我，安抚道，"有本小姐在，你莫怕。"

我们一起走进叶天宇的家，我把门带上。鱼丁问我："他睡着了？"

我看看叶天宇，他依然闭着眼睛，不知道是不是真的睡着了，于是对鱼丁说："我也不知道，他刚才还醒着呢。"

话音刚落，叶天宇就说话了："药呢？"

鱼丁吓得往后一跳："哇，诈尸！"

"别乱讲啦。"我重重地拍了鱼丁一下。

鱼丁摇摇头，嘻嘻笑着说："不怕告诉你，还是简凡那冤大头掏的钱。"

"还是你有办法。"我把药递到叶天宇的手里。他挣扎着坐起来，准备涂药。

我见他行动不便，索性从他手里抢过来跌打药替他涂抹。鱼丁啧道："苏莞尔大小姐何曾这样服侍过人哦？"

我的脸唰地就红了，为了掩饰我的窘态，只好追着鱼丁拼命地打。鱼丁被我追急了，也开始反击，只一个招式就将我拿下，扣住我的双手说："好啦，别闹啦，再闹我可来真的了。"

"男人婆。"叶天宇缓缓地吐出几个字。

"喂！"鱼丁放开我，大踏步上前对着叶天宇伸出手说，"药可是我替你买的，还钱还钱还钱！"

叶天宇将药放在她的手掌上，说："谢谢谢谢，后背疼，正愁够不到呢！"

我笑得腰都直不起来。

鱼丁气得把叶天宇的衣服领子一拎，说："你别装死，有种起来单挑！"

鱼丁的力气真大，叶天宇被她一下子拎了起来，他嘴里大喊一声，脸上露出非常痛苦的表情。我还没来得及骂呢，鱼丁已经轻轻把叶天宇放下了，拍拍双手说："看来你小子还真的伤得不轻呢。"说完，鱼丁从包里掏出一瓶药水样的东西来，"家传秘方！你把衣服撩起来，我替你上药！"

我这才想起来，这瓶药水，鱼丁总是随身带着，她训练和比赛的时候常常被人伤到，于是她做中医的老祖父就专门炮制了这种"神奇"的药给她，以防万一。

可是没想到，这回叶天宇却扭捏起来了，伸出一只手接过瓶子，说："男女有别，我还是自己来吧。"

"叫你上药就上药，扭扭捏捏不像样！"鱼丁挽了一下袖子，拧开药瓶，看着叶天宇，一副江湖大夫的样子命令道："苏莞尔，你来替我按住他！"

"不要这么夸张吧。"叶天宇赶紧说，"怕了你！"说完，自己干干脆脆地把衣服给撩了起来。

也许是有些害羞，也许是怕看到他的伤痕，我转开了目光。

没过多久，我听到鱼丁在身后说："好啦，保证你明天活蹦乱跳的！"

"多谢。"我回头，正好看到叶天宇朝她拱手。

"要谢就谢莞尔吧。"鱼丁用毛巾擦着手，得意地笑着说，

"还是她前世有福，修来我这样的好友。"

"呃……"我和叶天宇不约而同作呕吐状。

"你平时喝水怎么办？"我问叶天宇。

他指指角落里一个看上去像铁做的东西，对我说："热得快，见过没？插到水瓶里就可以了。"

"我来。"鱼丁说，"我比苏莞尔见多识广，这东西我用过。"

水是烧开了，可我在叶天宇的房间里找来找去，也只找到两个杯子。没辙，只能让叶天宇用一个，我和鱼丁共用一个。低头喝水啃汉堡的时候，我的心酸得有些不像样。

我想起叶天宇告诉我，从十六岁那年，他就从叔叔家里搬出来住了。在爸爸妈妈温暖的怀抱里近乎养尊处优长大的我无从去猜测，这些年来，孤单的他，到底过的是什么样的日子。

吃过东西后的叶天宇看上去精神好了许多，他从床上起来，缓缓做了个伸展动作，脸上带着微微笑意，对鱼丁说："你的药好像还真有点用。"

"废话！"鱼丁回道。

"不如把剩下的留给我。"叶天宇得寸进尺，"反正我常出状况，以后用得着。"

"那不行。"鱼丁赶忙把书包护起来，说，"绝对不行。"

"小气鬼！"叶天宇坐到椅子上，又问我，"莞尔，你身上有钱不？"

"干什么？"我紧张地问。

"不卖！"鱼丁高声喊道。

"你鬼喊什么？又不是要买你的药！"说完，叶天宇又看着我，"有还是没有？"

"有。"我说。

"有多少全借给我。"他伸出手来，"我会尽快还你的。"

"不行，你得告诉我你要干什么才行，不然我不会借你的。"

"好吧。"叶天宇捂住胸口站起来说，"你跟我去一个地方。"

"你行吗？"鱼丁问。

"有什么不行的！"叶天宇说，"你爱去不去！"

"去！"鱼丁的好奇心一向强烈，"我是莞尔的保镖，她去哪里我就去哪里。"

"行。"叶天宇说，"那我们走。"

我们随着叶天宇出门，叶天宇的步伐有些缓慢，但看上去并不沉重。鱼丁在我耳边悄悄对我说："这家伙的忍耐力真不是一般的，换成是我也不一定爬得起来。"

"你说他要带我们去哪里？"我无意去想这些，只好奇叶天宇要带我们去的地方是哪里。

"怕什么！"鱼丁说，"有我在，去哪里都不怕！"

我们并没走多远，大约五分钟后就到了一户人家的门口。也是平房，不过看上去比叶天宇租的房子还要破旧。奇怪的是，他并没有敲门，而是不知道从门边哪里摸出来一把钥匙，直接就把门打开了。

屋里的灯是亮着的，一个中年妇女坐在床上，见到我们，不，准确地说，是见到叶天宇后，女人的脸上露出惊喜的表情。叶天宇和她说话："阿姨，猪豆跟我干爹出去跑趟生意，过两天就回来！"

他一边说，一边用手比画。

我和鱼丁都看呆了。

原来这个聋哑人是猪豆的妈妈！

趁着猪豆妈妈去倒水给我们喝的工夫，叶天宇指着猪豆妈妈的背影告诉我们："猪豆生下来就有哮喘，他亲爸亲妈不要他，把他丢到了医院门口。多亏这个女人收留他，他俩相依为命，靠捡破烂过日子。我从叔叔家出来后，都是猪豆妈妈在照顾我。"

原来是这样！

我连忙把口袋里的二百块钱全掏出来递给了叶天宇，鱼丁也掏出了五十块钱低声说："我就这么多。"

"谢谢。"叶天宇感激地接过。

"可是现在猪豆被抓……"鱼丁说到一半，赶紧捂住了嘴巴。

叶天宇说："没关系，她完全听不见。"

"我让我爸想办法。"我说，"不过，我有个条件。"

"好了好了，"叶天宇说，"我不打架就是了，现在这钱也够她用一阵子的，实在不行，我再想别的办法。"

"不许再惹事！"我说。

"咦？"叶天宇把眉毛拧起来看着我。

鱼丁哈哈大笑："嘿嘿，叶天宇，有了个管家婆，够你受的吧。"

那晚鱼丁送我回家，我们并没有坐车，而是踏着满地的星光慢慢地往回走。一路上，我们的话都很少。快到我家的时候，我搂紧鱼丁的肩膀对她说："我打算写一篇新的小说，题目我都想好了。"

"叫什么呢？"鱼丁问。

"谁可以给谁幸福。"我说，"其实这个世界，真的谁都可以给谁幸福，你说对不对？"

"呵呵呵呵。"鱼丁笑起来,"大作家就是跟我们不一样哦,一有感慨就可以说出这么有哲理的话来,佩服,佩服!"说完,鱼丁却突然僵住了,指着前面说,"我会不会是眼睛出问题了,你看那是谁?"

是简凡。

他就站在我家楼下,抱着他的大书包,像个雕像。

SEVEN

有个男生为我哭

"生日快乐!"走到简凡身旁时,我很真诚地对他说。

"一点也不快乐。"他板着脸,像个孩子一样赌气地回答我。

鱼丁用胳膊肘撞撞我,示意我跟他道歉。

"对不起啦。"我心领神会。

"是啊是啊。"鱼丁也喊起来,"过生日还是要快乐一点的。"

"你们为什么要骗我?如果觉得我很无聊,跟我在一起不开心,你们可以直接告诉我,为什么答应下来的事情却做不到?这叫捉弄,捉弄!"简凡的语速很快,看上去很激动。一时之间,我和鱼丁面面相觑,竟然不知道该怎么回应。

"是朋友吗?"简凡说,"是朋友就应该要真诚,这是最基本的道理。"

看着简凡认真还带着愤怒神情的脸,我忽然觉得好笑,于是我没忍住笑了一下。

"苏莞尔!你笑什么呢?"简凡又激动起来,"是不是觉得我好笑?觉得伤害了我也无所谓?"

"简凡,你不要乱想。"我真的很累,口气淡淡地说,"今天真的是有急事,非常抱歉。再次真诚地祝你生日快乐。"

"是啊是啊。"鱼丁把手举起来说,"我做证,是真的有事哦。叶天宇被人打了,躺在那里起不来,好在我及时赶到用我的传家……"

"鱼丁!"我呵斥鱼丁,用手捏了她的胳膊一下,希望她能闭嘴,不要张扬此事。

鱼丁却一把甩开我:"你不要这么凶嘛,我在替你解释呢!"

"我不认为有什么好解释的!你们聊吧,我要回家了。"我有点生气了。

"莞尔!"鱼丁喊住我,脸上的表情有些奇怪。

"不会还要我再送你回家吧?"我说,"这样送来送去的要到天亮呢。"

鱼丁拼命跟我扮着鬼脸,把手微微地抬起来,悄悄地指了指简凡。我还没看清什么呢,就见简凡已经一言不发地抱着他的大书包大步走远了。

"他哭了。"鱼丁哭丧着脸,"伤他自尊了。"

"不会吧?"我不信,"哪有这么夸张?"

"你不应该是这种态度。"鱼丁责备我,"你应该多说两句安慰他的话。"

"拜托,他是男生,难道还要女生去哄他吗?"我说,"你要是心疼,追上去哄吧,我可要回家睡觉了。"

"你哄叶天宇的时候不是挺在行的吗?"鱼丁又开始乱说起来。

我转身上楼,听到她在我身后喊:"苏莞尔,你这么骄傲,我要生气啦!"

第二天一早,爸爸把妈妈从医院里接回来,我把猪豆家里的情况跟爸爸妈妈说了,爸爸答应一定想办法尽力帮猪豆。

下午,爸爸和妈妈一起拎着很多保养品到医院里去看望了那个被猪豆打伤的人。爸妈将猪豆的身世一一告诉了伤者的家属,希望他们能给猪豆一次改过自新的机会。

最终,伤者一家答应不起诉猪豆,但有个条件,除了医药费,还要再付一万元的营养费和精神损失费。

"最多家里装潢简单点啦。"爸爸跟妈妈商量说,"这笔钱无论如何要付的。"

"简单点就简单点啦。"妈妈回道,"反正孩子们长大了也要离开家的,我们俩怎么住不都是住!"

我趁机拍马屁:"没事!爸、妈,等我长大了赚好多好多的钱,到时候我买别墅给你们住!"

"就你嘴甜,钱哪有那么好赚呀。"老妈笑得什么似的。

晚上,我和妈妈一起去看叶天宇,走到他家门口,发现他手里拿着一把门锁,正要出门的样子。

"猪豆家门锁不牢,他妈妈又听不见,来了小偷都不知道。"叶天宇招呼我们说,"要不你们先进来坐坐,我把锁换上就来。"

"你一直住这里?"果不其然,我这个感性的妈妈,只看了一眼叶天宇的住处,还未仔细观察,眼眶就湿了,"你叔叔呢?"

"他离婚又结婚了,一大堆孩子,哪里顾得上我。"叶天宇苦笑了一声,"而且,这里挺好啊,我住惯了。"

"你快去吧,我替你收拾收拾。"说完,妈妈撸起袖子就准备去整理。

"阿姨,快别!"叶天宇拦住她,"你身体刚好,还是多休息吧。"

"还是让她做点什么吧,让她做了,她心里才会舒服呢。"

我笑着说。

"那……"叶天宇看着我，问，"莞尔，你陪我去猪豆家好吗？"

"去吧去吧。"老妈一挥手说，"地方就这么大，人多了身子都转不开，你们不在我正好干活儿。"

"妈你别累着啦。"叮嘱完妈妈，我和叶天宇一起走了出去。

去猪豆家的路上，我把下午爸妈去医院看望伤者的事情告诉了叶天宇，还告诉他猪豆就快被放出来的好消息。

叶天宇愣了一下，问我："他们要多少钱？"

"还好啦。"我说，"我们家这些年什么东西都没添置，爸妈手头还有点积蓄。"

"我还要谢谢你。"他说，"才知道你替我把房租交了。"

"干吗这么客气？"听他这么诚恳的话，我反而觉得怪怪的。

"对了，还有一件事，我决定不去工厂了，明天就帮人家看店，你帮我瞒着你妈妈可好？"

我为难地说："怕是瞒不住哦。这些年来，爸妈一直都在四处打听你的消息，而且，打从找到你之后，我妈就开始张罗着买房子，他们早想好了，要把你接到家里一起住。"

"靠!"叶天宇吐了一个脏字,接着,他有点不好意思地摸摸后脑勺,"对不起啊,习惯啦。"

"改正就好。"我笑眯眯地说。

他拍拍我的头,说:"没大没小呢。"

我的脸不知道为什么就红了。

给猪豆家换完锁后,回叶天宇家的路上,我们隔了小半米的距离一前一后地走着。一路上两人没什么话,快到他家门口的时候,我才喊住他:"等等。"

"有何吩咐?"他回头。

"有个要求。"我低声说。

"讲啊。"他有些不耐烦。

"别去打工,去好好学门手艺吧。我刚刚跟你说的都是真的,等我妈买好房子后,你就可以住到我们家里。还有,你不要总是想着欠我们什么,如果你觉得欠我们家钱,你可以慢慢地还,不着急的。"

"就这个?"月光下,他的眼眸里闪着我不敢直视的光芒。

"嗯。"我回道。

"呵呵。"他把手放到裤子口袋里,笑起来。

"你笑什么?"我不高兴地问,"答应还是不答应?"

"你真像个老太婆。"他说。

"答应还是不答应？"我固执地问。

"莞尔……"他有些艰难地说，"要知道，我和你是不一样的！"

"有什么不一样？！"我喊起来，"一个鼻子两个眼睛一张嘴巴，有什么不一样？！"

"你不讲道理。"真奇怪，他总是一脸不耐烦，却又容忍着我的一切。

"你才不讲道理！"我回道。

"好好好。"他举起双手往后退，说，"我们快回去吧，要不你妈妈该着急了。"

我有些沮丧，这个人跟一头牛没什么区别。看来，想要说服他，只有慢慢来。

接下来是非常忙碌的一周，因为元旦就要来了，学校和班级都有很多活动，我这个宣传委员自然不能闲着，连着几天放学都在出板报。鱼丁喝光了小卖部里买来的汽水，咬着一根空吸管靠在讲台边看着我忙上忙下。

趁着休息的间隙，我走过去跟鱼丁说："要不你先回去吧，这期板报'老班'要求特多，今天还不知道要干到什么时候呢。"

"不，我等你。"

"那随便你。"我说，"不过我没钱请你吃东西哦。"

"你的钱都给叶天宇了吧。"她坏笑着说。

我拉下脸："我真生气了。"

"猪豆出来了？"她转了话题。

"是啊，昨天我爸去接他出来的。"

"叶天宇真的不上学了？"

"不知道，我好多天没去看他了。"

"心里老惦记着吧。"鱼丁又坏坏地笑起来。

"神经。不说这个能死人？"我没忍住，骂了她一句。

"莞尔，你和以前不一样了，你是不是开始觉得我变得多余了呢？"鱼丁真的发起神经来了，她提高了声音，正在黑板上奋笔疾书的曾燕都听到了，停下来看着我们。

我一把将鱼丁扯到教室外面："姑奶奶，我求求你了，别乱讲了，好不好？你要是觉得不耐烦，真的不用等我的，我一个人回家没关系。"

"有件事我要提醒你，你还没有跟简凡道歉！"

"鱼丁，"我说，"每个人都有自己做人的原则，我并不觉得自己做错了什么，所以，我不会跟谁道歉的，请你理解，也请你原谅。"

"就算给我个面子也不行吗？"鱼丁说，"你有没有考虑过我夹在中间有多难受？"

"那是你自找的。"我心肠很硬,说的却实事求是。

"你也喜欢一个人对不对?为了你喜欢的人,你也可以迁就对不对?为什么你就不能理解我呢?"鱼丁说着,泪忽然就掉了下来。不过她迅速地擦掉它,转身跑开了。

我正要去追,曾燕在教室里喊了起来:"老大,你来看看这个标题用红色还是绿色比较好?"

算了,鱼丁就是这样的脾气,来得快去得快,明天就没事了。

可是我没想到的是,板报还没出完,隔壁班的一男生就抱着个篮球冲到我们教室里喊道:"快去看快去看,你们班史渝跟人比赛啦!!"

啊??

鱼丁?比赛?

我和曾燕也顾不上到底红色好看还是绿色好看了,丢下手里的粉笔就往操场上跑。等我气喘吁吁地跑到操场时,就被那壮观的场面给吓到了,我的乖乖,鱼丁正在和一群男生对峙!

而且,这一次,鱼丁好像是来真的。

"鱼丁,别闹了!"我用尽了力气朝她喊道,但声音却被众人此起彼伏的尖叫声无情地淹没了。

就在此时，我看到了简凡，他也站在操场边上，用一种略带微笑的眼神看着鱼丁发疯。

"喂！"我冲到他身边，"到底怎么回事，你去让她停下来啊。"

"没关系的。"

我正跟简凡说着话，鱼丁突然一个转身从人群中飞身而出。

鱼丁哈哈大笑。

"你闹够了？"我问她。

"怎么？苏大小姐不满意了？"鱼丁把书包从地上拎起来，往肩头上一甩，说，"我又不是你最重要的人，你管得着我？"

"谁愿意管你？"我说，"你看看你自己的样子，疯子似的！"

"苏莞尔！"鱼丁把拳头举起来，"你别以为我真不会揍你！"

"哎哎，有话好好说嘛，都是好朋友吵什么吵呢！"简凡用力隔开我们俩。

"英雄救美啊，信不信我连你一起揍。"看来鱼丁今天是打算将抽风进行到底了。

"鱼丁，你今天怎么了？"简凡也奇怪地看着她。

"我疯了！"鱼丁指着我，振振有词地说，"我被她气疯了！"

我没说话，转身就离开了，我怕我说出任何一句话来，都是对我们友情的伤害。而且我知道，这种伤痕一旦存在，要用好多好多的心血才可以修复。我好像真的没有那个力气，最起码，近期没有。

回到教室，我一个人默默地在黑板上绘制未完成的板报。但实际上，我大脑一片混乱，根本不知道自己在写些什么，就像我一直弄不清楚，到底是什么原因让鱼丁对我如此生气一样。

不知道过了多久，有人在敲教室的门。我扭过头就看到了简凡，他走进教室，替我打开了教室的灯。

"这么黑还在写，也不注意眼睛。"他说。

灯光照着我写得歪歪扭扭的字，我觉得丢脸，于是跳下来拿起湿抹布想擦掉它们。

"我来吧。"简凡说。

我没有坚持，他来就他来吧，反正，此刻的我只觉得万分疲惫，一句话也不想说。

"是迎新年的板报吧，要喜庆一些。"他擦干净黑板，朝我伸出手说，"我来替你写吧，像你这样写下去，凌晨也完不了工。"说完,他就一把抢过了我手里的稿子。我没想到他可以写得一手如此漂亮的字,一笔一画,漂漂亮亮,有力地落在黑板上。

"鱼丁呢?"我问他。

"你终于问了。"简凡说,"我知道你们是那种很好很好的朋友,你不会真的生她的气的,对不对?"

"她很喜欢你。"我说。

"呵。"简凡说,"人与人之间的欣赏是很正常的。"

"因为你,她跟我发火,发神经,发疯。"

"呵呵。是吗?"简凡从椅子上跳下来,走到我面前说,"那我还为你哭过呢,这笔账应该怎么算?"

教室里静极了,我甚至能听到窗外风吹过时树叶发出的声响。

我有些害怕地看着简凡,过了老半天才说:"对不起,我该回家了。"

我背着书包逃一样地往教室外走去,刚走到门口就听到身后传来简凡的声音,那声音不大,却是如此清晰地传进我的耳朵,他说:"苏莞尔,我从没见过像你这么特别的女生。"

我惊讶地回头,他看着我,缓缓地吐出四个字:"我喜欢你。"

我，喜，欢，你。

我的耳朵轰轰地乱响起来。

第一次，第一次有男生面对面用如此深情的言语对我表白，恋爱对我而言一直是想象中缥缈美丽的空中楼阁，毫无实战经验的我被这带着温度的四个字深深击中，一时竟挪不开脚步。

最终，我转身走掉。

简凡没有跟上来。

寒风乍起，落日在天边做着最后一丝挣扎。我在校门口看到鱼丁，她背靠红色的砖墙站着，面无表情地仰望天空。

我走过去，拉拉她说："走吧，该回家了。"

她不动。

"好啦，算我不好，好不好？"我哄她，"有气朝我出嘛，好端端地跟人家比什么比呢。"

"你别得意，我不是因为你，是因为他，那些男生骂他蠢货，我怎么能忍？"

"呵呵。"我没忍住，笑道，"我看你也整个一蠢货！"

"你是真这样想的吧？"她说，"你说出心里话了吧？"

我被她气得一句话也说不出来。她又问我："他找你去了，是吗？"

"是。"我说,"你真酸得够水准。"

鱼丁转头看着我,用一种很刻薄的语气问道:"是不是女人越不在乎,男人就越着迷?"

"我又不是男人,我怎么知道!"

"我承认你比我更厉害。不过,我真想问问你,友情和爱情,到底哪一个对你才是更重要的呢?"

"友情。"我回。

"狗屁!"她不屑地骂道。

"鱼丁,"我说,"我可以容忍你九十九次,但不见得能容忍你一百次!"

"那你走。"她瞪大了眼,大声对我说,"苏莞尔,请你永远离开我的视线!"

在她颤抖得无法自控的尖锐声音里,我的心乱七八糟地绞痛起来。鱼丁的脸在我的面前渐渐变得模糊,步步后退的那一刻,我开始深深地后悔,如果我不走近鱼丁,如果我装作没有看见她,也许,我们就不会到现在这样伤痕累累且无可救药的局面。

我带着满腔的郁闷回到家里,刚扔下书包想要自己一个人静一静,妈妈就走了过来,她兴高采烈地告诉我房子已经找到了,地段非常好,离我们学校不远,走路只需要一刻钟就到了，以后上学不用再去挤公共汽车了。

"三室一厅还加个大阳台，我们真是好运气。"妈妈说，"房主是大学教授，因为要出国，所以急着卖房子，比市场价要低将近一万块呢！原来的装修也合我口味，不要怎么大动，要是快的话，我们两个月内就可以搬进去！"

"挺好啊。"听老妈滔滔不绝地说完，我懒懒地回应道。

妈妈依然沉浸在自己的好运气里，丝毫没有察觉到我心事重重。

不知道是谁说过，霉运一走起来，三天内绝不会停止。

这话真是有哲理。第二天一早，我走进教室后，下意识地朝教室后面的板报上看去，发现竟然已经全部完工了，刚劲有力的字，舒服到位的排版，特别是卷首的新年寄语，写得激情飞扬、无懈可击。我看了一眼曾燕，她在座位上向我竖起大拇指，一定以为是我的杰作呢。

这么说，是简凡？

昨天我走后，他留在教室里替我干完了所有的活儿？

我带着一种说不出滋味的心情走到座位上，人还没来得及坐下，就听到林志用一贯的幸灾乐祸的语气对我说："恭喜，你的死党一大早就被老班带走了。"

我一惊，刚才扫了一眼鱼丁的位子是空着的，我只以为她没来呢。

Oh My God（我的天）！

我就这样忐忑不安地等着，一直到第一堂数学课上了一小半，鱼丁才回到教室。偏偏数学老师还留堂，英语老师都站教室外等了很久了，他还站在讲台上喋喋不休没有离开的意思。

好不容易两堂课连着上完了，我终于可以到鱼丁身边和她讲话。

"没事吧？"我问她。

"能有什么事？"她一副毫不在乎的样子，"大不了退学！"

"啊？"我说，"你别吓我，哪有这么严重。"

"你让我清静一会儿行吗？"鱼丁提高了声音，"我现在什么话也不想讲！"

没想到的是，第三堂课开始时，鱼丁的座位又空了！

曾燕从后面丢了纸条给我，趁着老师在黑板上"龙飞凤舞"之际，我打开纸条，上面写着："鱼丫头负气跑掉了，你快找她去啊。"

这个鱼丁！

我从书包里摸出了手机，将手放在课桌里，埋头给鱼丁发了条信息:"你去哪里了?我很担心你。有什么事情我们商量着解决,你不要这样,给我一点消息好吗?"

可她没有给我任何消息。

一直到放学,鱼丁的手机依然是关机的状态,我给她家打电话,没人接。

我独自在大街上漫无目的地寻找,可是,就算我把我们两人常去的地方都找遍了,却还是没有发现她的踪影。

第二天,依然没有关于鱼丁的任何消息。

第三天,鱼丁的爸爸妈妈都到了学校。老班在早读课上说:"大家中午都别做别的事情了,分头出去找找,大家几个人一组,有消息第一时间打我手机。"

老班平常很小气,她好像从来都不用手机,但这一次,她把她的手机号码写得老大贴在黑板一旁,并提醒我们都把它抄下来不要忘记了。

林志低声道:"真是,她走丢了有什么好怕的。"

我白他一眼,他不敢再说了,装模作样地抄起笔记来。

其实我也不担心鱼丁的安全,就她的身手,一般人还真对付不了她,我只担心一件事——她身上没钱。鱼丁平日里的零花钱并不多,但对我大方至极,平时总是她请客。而且,我清楚地记得,那天去看叶天宇的时候,她把自己身上仅有的五十块钱全都掏出来给了猪豆的妈妈。

她是那样善良和勇敢的一个好朋友，我不应该这样对她，悔恨在我的心里翻江倒海，以至于我根本就没有心思上课，每隔十分钟就给她发一条信息，信息的内容是同样的一句话："要知道，我一直是爱你的。"

我相信她总会看见。

那天晚上，我和曾燕他们一直找到八九点钟。火车站、网吧、宾馆、旅社……该去的地方都去过了，不该去的地方也找了，还是没有发现鱼丁的影子。

我拖着疲惫的身子回到家里，推开门，竟发现叶天宇坐在我家的沙发上，正在跟爸爸聊天。

我这才想起，今天是周末，妈妈说过了要请他到家里来吃饭的。

我看着他，勉强地笑了一下。

爸爸问我："怎么样，有消息吗？"

我摇摇头。

妈妈对我说："饿坏了吧？饭菜都是热的，快去吃点。"

"过会儿吧，现在吃不下。"我是真的饿，却也是真的吃不下，满脑子都在想着鱼丁她人在哪里，有没有钱吃饭，晚上在哪里休息，有没有遇到什么不测……

一想到这些，我就后悔不已，哪还有心情吃饭。

"你是不是要成仙？"老妈横眉对我。

我可不想在叶天宇面前和她发生争执，于是拎着书包默默回到房间。没过一会儿，有人在我开着的门上敲了敲。我回头，看到了叶天宇。

"可以进来吗？"他问我。

"嗯。"

他进来，低声对我说："你去吃点东西，我带你找鱼丁去。"

"你知道她在哪里？"一听到鱼丁的名字，我整个人变得激动起来。

"不知道。"他说，"不是说去找吗？"

"唉！"我泄气说，"我们班全班出动，该找的地方都找过了，连个影子都没有。"

叶天宇用讽刺的语气说："你们班全都是乖孩子，哪里知道该到哪些地方去找人！"

"你知道？"我问。

"也许吧。"他耸耸肩。

"那好，"我跳起来说，"我去吃点东西，然后你就带我去找鱼丁！不是骗我的吧？"

"当然不是。"叶天宇回道。

我坐在餐桌前，三两下扒完了一大碗泡饭。

就在这时，房间里突然传出手机的提示音。我差不多是从餐桌旁"飞"到了房间，迅速地拿起手机，看了一眼后，我整个人差点跌坐到地上。

是鱼丁，是鱼丁！

她说："莞尔，我快饿晕过去了，手机也快欠费了，卡上还有最后两毛钱，我在太平南路游乐场的门口，你给我送点吃的来，好吗？"

我手忙脚乱地给她回道："好好。你等我。你哪里也别去，就在那里等我。"

发完短信后，我跑到客厅，对着坐在沙发上的爸爸语无伦次地说道："爸，钱，给钱，鱼丁在游乐场，给钱我去接她。"

没等我爸反应过来，我妈已经毫不犹豫掏出一百块钱递给我："游乐场那边比较偏一点，要不让你爸爸陪你去？我这就给鱼丁妈妈打个电话，你们负责赶快把她送回家。"

"我陪莞尔去吧。"一直不说话的叶天宇突然开口道，"那里我挺熟的。"

"也好。"妈妈看了我俩一眼，叮嘱道，"路上小心点，还有，见面不要责怪鱼丁，她这时候正脆弱着呢。"

我哪里舍得责怪她，只想着赶快找到她，我要告诉她我快被吓坏了，也要告诉她我有多后悔。

我和叶天宇赶到游乐场的时候，半个多小时过去了。游乐场门口空空荡荡的，一个人也没有，我拉着叶天宇着急地喊起来："她不在这里，我让她在这里等的，她居然不在这里！"

"别急！"叶天宇说，"这里大着呢，先找找再说。"

"鱼丁，鱼丁！"我扯开嗓门大喊起来。

没一会儿，只见游乐场那边的围墙附近慢慢晃出来一个黑影。只看一眼，我就认出那是鱼丁。

我喊着她的名字飞奔到她的面前，透过微弱的路灯的光，我看到了那张疲惫憔悴却熟悉到极致的脸，正冲我有气无力地笑着。

我打她一拳，紧紧地抱住她，忽然就哭了。

她也哭了，紧紧地抱住我不放。

叶天宇站得远远的，看着我们俩出丑。

"莞尔，"鱼丁抽泣着说，"莞尔，我知道你一直是爱我的，我知道的……"

"好啦好啦。"我也抽泣着说，"你以后不要这么任性了，要吓死人了。走，咱们现在赶快去找点东西吃，然后我们送你回家。"

"你怎么把他带来了？"鱼丁突然看到了我身后的叶天宇，不好意思地说，"让他看到我这熊样，我还要不要面子了？"

这个鱼丁，都什么时候了，竟然还想着她的面子。

"他看到怕什么！"我打趣说，"他又不是简凡。"

我和鱼丁两人正说着话呢，一辆出租车风驰电掣般地从前边"杀"了过来，车子刚停在路边，就见一人从车上跳了下来，手里还拎着一袋打包好的麦当劳。

来的不是别人，正是简凡！

"我……我……见你半天不来，就用最后一毛钱给他发了条短信。"鱼丁埋着头不好意思地说。

"你的娇算是撒对啦，看来你对他还是蛮重要的哦。"看着正在慢慢走近的简凡，我低声取笑鱼丁。

"死莞尔，你别乱讲！"鱼丁跳起来打我的头，这活蹦乱跳的样子，看来还没到饿晕的程度。我逃得远远的，一直跑到叶天宇的身旁。

鱼丁也跟着跑过来说："苏莞尔，你别以为有叶天宇护着你，我就不会扁你！"

也不知道是不是因为简凡听到鱼丁喊出了叶天宇的名字，总之，他脸上的笑容一下子变得凝固起来。

"你来了。"我跟他打趣道，"早知道你要来，我就不来了。"

"我打过电话去你家,你妈说你出去了。"简凡说。

说着,简凡把手里的麦当劳递给鱼丁,也跟我打趣道:"早知道你来了,我就不用来了。"

"听你们这么说,好像都不愿意来!"鱼丁把麦当劳气呼呼地往地上一扔,说,"我可没有勉强谁!"

"我看她这样子离饿死还远着呢。"

这回说话的是叶天宇,语气冷冷的。

我撞撞他的胳膊示意他别出声。

这种情况下,还是少刺激鱼丁为妙。

"没事我走了。"叶天宇打了个大大的哈欠,说,"我要回去睡觉了。"

"天宇!"我追上他,"你等一下,你不是说要送我回去的吗?"

"用不着吧。"他看看简凡,说,"有他们两个,还用得着我送?"

鱼丁逮住机会开始报复:"呀,叶天宇,你不会连我的醋也吃吧?"

"嘿嘿。"叶天宇坏笑了一声,直接转身离开了。

他走得飞快,很快就被夜色淹没。

过了一会儿,我听见自己用平静的声音对着一直用担心的眼神看着我的鱼丁和简凡说道:"走吧,我们打车回家,我累了。"

EIGHT

我脆弱的纯白的忧伤

鱼丁回家就被她爸爸打了。

好多天过去了,鱼丁手臂上的青痕仍清晰可见。鱼丁向我展示完毕,把袖子放了下去,气呼呼地说:"没办法,谁让他是我爸。要是别人,我一定让他好看不可!"

"还打啊?"我心疼地说,"还不够衰?"

鱼丁白了我一眼,纠正我:"读音错误,应该是去声,sh-u-ài,帅!"

她发这个音的时候,嘴唇高高地努起,看上去整个就像是面部神经错乱了。我被她的样子逗得咯咯直笑,她拍了拍我的头说:"就算我帅得如此不可开交,你也不能这样笑个不停啊。"

真好,我很欣慰,我和鱼丁之间那点不愉快的事,这么快就成为过去式了,我们依旧亲密如故,并未滋生出半点嫌隙。

关于鱼丁的处分报告就贴在教学楼的布告栏里,那是我们每天上学放学都会经过的地方。那几天我都处于精神高度紧张的状态,每次和鱼丁从那里走过的时候,我都会故意握紧鱼丁的手,胡乱地跟她说着一些无关紧要的话,用力地拉着她想要走得更快一些。而鱼丁却在某次突然停了下来,双手叉腰,目光炯炯地盯着布告栏,然后看着我,自嘲道:"我说莞尔,万万没想到,我史鱼丁居然也有成为名人这一天呢。"

听到鱼丁的这句自嘲,我几乎快要晕倒:我原以为,以鱼丁好面子的程度,必定会对此事耿耿于怀;谁料想,她的心理承受能力竟然如此之强,这么快就自愈了。

鱼丁见状,夸张地过来一把扶住我。

我们俩嬉笑着走在路上,然后就看到了简凡。

简凡是从操场那边跑过来的,跑到我们面前时,他停了下来。他的手里捏着一个白色的信封,可能是奔跑的缘故,他的鼻尖上冒出了一些汗,大喘着气激动地跟我们说:"我收到复赛通知了,元旦过后,我就要去上海参加复赛了!"

复赛通知?上海?

我整个人被简凡的话弄得丈二和尚摸不着头脑。还是鱼丁了解他,听完简凡的话后,鱼丁就接道:"你是说作文比赛吧！真的啊，你好棒哦，快给我看看信！"

简凡把信递给了鱼丁，又看向我，说："其实你也应该去参加的，你肯定可以得奖。"

"哈哈，恭喜你啊。"我由衷地说，"这证明了你的实力啊。"

"是啊是啊，要去大上海啦。"鱼丁把信纸甩得哗哗响，"你得请客啊，简凡！"

"没问题！"简凡咧着嘴笑，心里的快乐溢于言表。

简凡在小卖部里买了三罐听装可乐，我们三人坐到教学楼前面的石阶上喝了起来。

简凡说："我到上海给你们带礼物啊，想要什么？"

"鸭脖子。"鱼丁舔着嘴唇说。自从她吃过一次南京路上的鸭脖子后就念念不忘，有事没事常提，特别是当她饿肚子的时候。看着她一脸神往的样子，我真恨不得抽她。

"你呢？"简凡问我。

"我？"我笑了笑，说，"带你成功的好消息吧。"

鱼丁听后，刚喝下的一口可乐喷得老远，呕吐的样子像是真的。

我并不生气。

谁让这时天色已近黄昏？

冬天的黄昏，应该是四季里我最喜欢的黄昏，如果没有风，枯树便有一种静止的美。偶尔有鸟飞过，在天空画出优美的弧线，引领你的视线追逐远方暗红的深邃。

鱼丁咬着吸管，丝丝地抽着冷气说："简凡，你要得了大奖，是不是就要出名了？"

"哪有那么容易？"简凡回道，"我觉得重在参与。"

是啊，简凡应该算是那种标准的乖孩子，长相不错，成绩好，品德高尚，有自己认真追求的理想。

看着这样的简凡，我不由自主地就想到叶天宇。

自从那天别离后，我便再也没有见过叶天宇。有一次，妈妈差我去给他送东西，我以作业多作为借口回掉了。

不知道为什么，我好像有点害怕见他，可又忍不住记挂他，也不知道他最近可好，又不清楚在他的世界里，是否也会有和我差不多的思念或牵挂。

回到家里，爸爸妈妈正在收拾小阁楼上的东西。妈妈拍掉手上的灰尘吩咐爸爸："该扔的东西扔掉，该送的东西送人，要当机立断绝不手软！"

我被妈妈逗得捧腹大笑，说她是乱用成语。妈妈并不生气，仍是高高兴兴的，她说："今天可算是把新房子的合同签了，钱也付过去了。接下来，我们得赶快完成装修，这样的话，我估计年前就能搬进新家了。"

"不搬也不行啦！"老爸正将一堆杂物往一个硕大的垃圾袋里塞，头也不抬地说，"拆迁队一来，这里很快就会变成一片废墟了。"

"等等！"我跑到爸爸跟前，从他刚倒进垃圾袋的杂物里面抽出一本看上去破破的书，"这个我还要的！"

一切皆可弃之，但这本书不能，只因对我而言，这本书意义非凡。

那是上次被叶天宇扔掉后我又捡回来的那本迷宫书。趁着爸妈不注意，我赶紧将书放到书包里。

"对了，莞尔，这两天爸妈可能都要忙新房那边装修的事情。明天不是周末嘛，你到天宇家给他送点钱，快过节了，家里缺什么东西就让他自己添置点。跑一趟也占用不了你多少时间，这次可别又跟我说你作业多！"妈妈嘱咐道，是嘱咐没错，可我却听出了几分"威胁"的意味。

"我怕他不会要。"我如实说道，"他那个人，脾气跟臭驴一样，你们又不是不知道。"

"要不要是一回事，你先送了再说嘛。"老妈说。

那夜，我竟然做梦了。梦里有一棵树，一眼望去，只见它高耸入云，枝繁叶茂，盘根错节。我走近了一些，伸出手贴在了树上。那感觉十分微妙，就好像当你触摸到它的那一刻，能够清晰地感知，在干燥的树干里有水正在哗哗流动。那树真的大得不可思议，我走到双腿发软才绕着它走完了一圈。而梦里的太阳，则泛着奇妙的微蓝的光。

醒来后，我还在想着那个梦，甚至还清楚地记得，那茂密的树叶是绯红色的，霸道地遮住了大半个天空。

这梦让我心神不宁。醒来后，我在解梦的网站上看到有人这样解释：梦到树，就是心里有一个人永远也走不掉。

我吓得啪地把电脑关掉了。

周末，我胡乱吃了两口早饭，揣好老妈给我的四百块钱准备去叶天宇家。临出门前，我告诉妈妈因为之前跟鱼丁约好了今天要去逛书店，所以中午就不回家吃饭了。

可等我一到叶天宇家门口，就觉得不对劲，叶天宇家的门半开着，我推门进去，里面凌乱不堪。从一片混乱里抬起头来看我的是女房东，她见是我，扯着嗓子说："他不在了，搬了搬了！"

我惊讶地问："不是交了房租了吗？"

"是他自己要搬的！"女房东说，"又不是我赶他。"

"为什么？"

"你问他去呀。"

"他在哪里？"

"我哪里知道！"女房东把我往外赶，"好了，我要锁门了！"

哪里需要她赶，我转身就朝猪豆家跑去。我刚跑到门口就看到了猪豆，他也看到了我，吓得转身就跑。

"猪豆！"我喊着他的名字大步追了上去。猪豆跑得飞快，我紧随其后一直追赶，直到我追到巷口时，他忽然就不见了踪影。我累得直喘气，趴到墙上，眼泪大滴大滴地落下来。

不知道过了多久，有人拍我的肩，我回过头，竟是猪豆！

"哭什么？"他问我。

我擦掉眼泪问他："你跑什么？"

"你别问我他在哪里。"猪豆说，"我要是告诉你了，他会揍我的。"

"你要是不说，我也会揍你。"我说。

"你？"猪豆用手指着我，笑着说，"那你揍吧，只要你乐意。"

"我才不会亲自动手，但我会请别人动手。"说完，我就拨打鱼丁的电话。

谁知鱼丁刚一接电话，就暴跳如雷，气愤地说："苏莞尔，我恨你一万年，你干吗不接我电话？"

"我被猪豆欺负了。"我说，"你快来替我收拾他！"

"啊?"鱼丁说,"反了反了反了,怎么个欺负法?"

"他打我的头。"我胡说八道。

"你怎么胡说八道啊。"猪豆一脸无辜。

"等着我,鱼丁牌保镖火速赶到!"说完,鱼丁挂了电话。

我拿着手机对面前的猪豆说:"招不招随便你,等那个女魔头来了有你好受的。"

"你很在乎他哦。"猪豆坏笑着说,"你居然为他哭哦。"

我看着他,不说话。

"好吧。"猪豆投降,"他到百乐门当保安去了,包吃包住月薪一千块。"

"谢谢你。"我说。

知道了他的消息,我总算松了口气。

猪豆看着我,突然变得严肃起来,从前嬉皮笑脸的模样也收了起来。猪豆说:"其实我劝过他,有这么好的干爹干妈干妹妹用不着走这条路,可是他不肯听,他有他的骄傲,不想欠你们太多。"

"他还说过什么?"我问。

"他说……他和你们是两个世界的,永远也走不到一块儿。"

"你陪我去百乐门找他。"我说。

"我不敢。"猪豆紧张地说,"他真的会宰了我的。"

"你怕吗?"我问。

"还好啦。"猪豆朝我晃了一下头,无可奈何地说,"走吧。"

百乐门,我生活的这座城市里最大的娱乐城,毫不夸张地说,那里面三教九流什么样的人都有。我站在百乐门的门口,目送猪豆进去。

但很快,猪豆就出来了,他看了我一眼,说:"他今天休息。"

"那他会在哪里?"

"宿舍吧。"猪豆说,"离这里不远,我们去吧。"

那是一幢老旧的两层小楼,墙体呈灰色,看上去俨然是一个灰盒子。拾级而上时,我仔细观察了一下,一层大约有四间房屋的样子,叶天宇的宿舍在二楼的最后一间。我示意猪豆敲门,猪豆抬手在门上叩了两下,他果然在里面,粗声粗气地问:"谁?"

"我。"猪豆说。

叶天宇打开门时,猪豆害怕地直接闪开老远,闪开之前,还不忘推我一把,将我直直推到了叶天宇的面前。

从看到我的那一刻起,叶天宇脸上的表情就开始变得很奇怪，但他似乎并不打算理我，而是伸出一只手来，一把扯住站在我身后的猪豆的衣领，再用巧劲儿用力一拽，恶狠狠地说："你给我过来！"

"你别怪他。"我把猪豆往身后一拦，说，"是我逼他的。"

"是吗？"叶天宇说，"你这么能耐？"

"天宇，是谁呀？"一个顶着金色头发的女生从叶天宇的房间里走了出来。如果我没记错的话，她应该是我第一次去找叶天宇时见到的那个女生。我看了她一眼，明明已经入冬了，她却只穿了一件薄薄的低领毛衣。她在叶天宇身旁站定，用挑衅的眼光直直盯着我看。

叶天宇一把将她搂到怀里，哈哈笑着说："来来来，见过我妹子。"

"你到底有几个好妹妹？"女生打了他一下，嗲嗲地说，"刚才不还说只有我一个？"

"喊！我说的话你也信！"叶天宇不以为意。

"吴妖妖，你别捣乱！"猪豆伸出手去，看样子是想把她从叶天宇的怀里拉出来，可叶天宇却将她搂得更紧了。

吴妖妖冲着我和猪豆笑了一下，然后竟然踮起脚尖，当着我和猪豆的面，毫不避讳地在叶天宇的脸上轻啄了一下。

我转身就走。

还未走远,吴妖妖尖尖的声音便从身后传来:"你瞧,她酸得吃不消了呀!"

"苏莞尔!"猪豆追上来一把拉住我,"苏莞尔,你别走啊,你不是还有事情要跟叶天宇说的吗?"

我回过头去,便看到了接下来的一幕。

叶天宇背对着我,而吴妖妖被他抵在门框前,脸上挂着无比娇媚的笑容。叶天宇用手把她的头扭了过去,再然后,叶天宇微微俯身下去,而吴妖妖则轻闭双眼……

猪豆连忙上前一步站在了我的面前,用自己的身体挡住了我的视线,语无伦次地说:"莞尔,天宇这个人……是这样的啦,你不要放在心上,其实他也不是那种人的,其实你应该懂他的,你知道。"

猪豆太好笑了,可能等他回头再想起这些事情和自己的词不达意时,也会忍不住大笑。

我也一样,但绝对不是在这一刻大笑。

我只想离开,如果一早知道会是这样的局面,我宁愿自己今天没有出现在叶天宇的宿舍门口。

我冲猪豆笑了笑,然后转身就走。

在转身离开的那一刻,我忽然觉得,我的心就像是一面脆弱的镜子。叶天宇无须用力,他伸出一指,只轻轻那么一点,它就噼里啪啦地全碎掉了。

我用最快的速度下楼,离开,不再回头。

叶天宇说得一点没错,我们是两个世界的人。

我用尽全身力气,也走不近他不屑的无知的轻狂;而他,也永远不会懂得我纯白的坚持的忧伤。

NINE

我要我们在一起

那之后,我再未见过叶天宇。

很多天就这么过去了,我想,我和叶天宇之间,只是一本伤感的小说。章节翻过了,尽管有些遗憾,却没有必要流连。

我尚未成年,仍在读书,前程是否美好,尽在我手中,而我理应加倍努力,才能不辜负。我终于沉下心来,开始将自己所有的精力都放到学习上。

也是在那段时间,我校发生了一件大事,全校都在疯传一个叫简凡的高才生自杀未遂的消息!

不仅仅是我校,这个消息还登上了我们当地的报纸,只是报道中没有指名道姓。

我和鱼丁得知这个消息时,着实吓了一跳,面面相觑,半天也说不出一句话来。

简凡去上海参加作文比赛回来后,我还和鱼丁一起去见过他。我们闲聊时，简凡表示自我感觉相当不错，只等获奖名单公布。

学校得知简凡要去上海参加比赛，也觉得很骄傲，听说还是教导主任亲自陪他去的上海呢。

一向爱管闲事的林志不知道从哪里打听来小道消息，在班级里四处宣扬："听说那小子是因为参加了一个作文比赛，结果，连个纪念奖都没拿到。一气之下，就吃了安眠药！"

"林志，你不要胡说八道！"鱼丁急红了眼，呵斥道，"你再敢胡说，信不信我揍得你不分东南西北！"

"我本来就不分东南西北。"林志低声回了一句，但很快便认了怂，再也不敢吱声。谁都看得出来，这一次，鱼丁是真的来火了。

好不容易，我们抽出时间去医院看简凡，可是等我们到了医院，却被护士告知，探望患者的时间已过，不能探望。

我和鱼丁站在医院的大院里，冬日的寒风吹来，冰冷刺骨，呆站在我身旁的鱼丁终于崩溃，尽管她用力地咬着嘴唇想要抑制，但还是哭出了声。

"没事的。"我的语言苍白得很，无力地安慰她，"我们应该要觉得庆幸，还好，是未遂。"

"他怎么可以这么不勇敢？"鱼丁不解地看着我，喊叫着,"一个破作文比赛而已,至于看得那么重吗?得没得奖又有那么重要吗?一个人的形象怎么可以这样说塌就塌?"

我理解鱼丁,太理解了。一个令自己长时间欣赏的人的形象在心里久了,一旦在某天塌掉,心就像是破了一个洞,怎么也补不起来。

我们就这样,怀揣着复杂的心情迎来了期末考试。

还好,努力见了成效,我居然考了第三名,我可从来没有考过这样的好成绩。

北校区正在扩建,初中部的学生也都开始从我们这边进出学校。

有天,从鱼贯的人群中穿梭而过时,鱼丁突然对我说:"放假后这里就荒芜了,学校没有学生,就像一座失守的空城。"

"你怎么了?竟然开始变得文绉绉起来。"我打趣道。

"喂!你别以为我只会耍拳脚功夫,就真的写不出小说来!你信不信,赶明儿我就写一个,到时候超过你们这些大文豪你可别嫉妒。"鱼丁不服气地说。

我们两人在斗嘴时,意外看到了简凡。

他整个人看上去一副憔悴极了的样子,独坐在石阶上那个我们三人一起并排而坐喝可乐的地方。只他一人,孤孤单单地坐着,脸上没有任何表情。

鱼丁拉拉我，我说："走啊，过去啊。"

我和鱼丁走了过去，然后，在他身边坐下。

简凡看了我们一眼，并没有像往常一样开口讲话。

鱼丁率先打破沉默，冲着他打招呼："嗨！"

我也跟着说了一句："嗨！"

好一会儿，简凡才从孤单的情绪里走出来。他看了看我俩，苦笑着说："你们是不是也像别人那样，觉得我这个人会因为那点小事看不开？其实，我只是急性肠胃炎，根本就不是大家误传的那样。我想好了，我要告晚报，也已经请好律师了，一定要让这些不负责任的媒体付出代价！"

"简凡，"我看着简凡，缓缓说道，"这些都不重要。"

"那什么重要？"他看着我的眼睛，眼神里有疑惑、有不解，在等着我给他一个答案。

"最重要的是……你要快乐。"我说。

我想，这句话对于简凡而言并不陌生，那是他在早前曾对我说过的话。当时的他眼神有光，他说："苏莞尔，你要快乐。"

现在，我把这话还给他，希望能成为他的力量。我清楚地看到简凡的眼睛里闪过一丝亮光，虽然短暂，却是真实的闪亮。

所有的不愉快，相信都会成为过去。

我决定把这些都写进我的小说里，不管有没有人看，有没有人喜欢。我下定决心，要用文字证明我们多愁善感、多次流泪却依然美好的青春。

那天回到家里，刚一进门，就见妈妈愁眉苦脸地坐在沙发上。我把还算不错的成绩报告单递给她，她扫了一眼却无动于衷，依然愁眉苦脸。

于是，我就知道，她这副模样，多半又是因为叶天宇的事情而伤心了。

我快走到卧室门口的时候，妈妈忽然开了口："莞尔，你说天宇他到底是怎么想的？"

"不知道。"我回头。

"你去帮妈劝劝他。"妈妈说，"我方法用尽道理说完，可他仍不肯搬来跟我们住。"

"妈，"我坐在她身边，"你有没有想过，这样的自由生活，也许正是他想要的？"

"你这是什么话？！跟我们一起生活就没自由了吗？"妈妈说，"算了，我和你爸爸会继续劝下去的。不能让你张阿姨在天之灵也不得安息啊，她就这么一个宝贝儿子，怎么可以去做什么保安，这不是开玩笑么！"

我知道妈妈不会放弃，有时候，我会觉得，我妈的脾气比叶天宇还要拧。

不过，接下来那几天，通过妈妈的脸色，我就知道，在劝说叶天宇这件事上，进展不大。

春节到来前，我家的新房子也装修好了。

那天，我们一家三口去了新家一趟。我很喜欢朝南的那个小房间，有个小小的露台，可以看到远方的天和小区的那片绿地。可是妈妈却对我说："这个房间是给天宇留的。你住朝北的那间，我特地给你刷了粉色的墙漆，还给你买了抱抱熊呢，你去看看喜欢不？"

我走了过去，朝北的房间面积更小，没有阳光，俗气的粉色墙壁上靠着一只幼稚的、看上去呆头呆脑的笨熊。

我的脸色迅速地沉了下来。

爸爸小心地问我："怎么样？"

"我要那一间，"我任性地说，"我不喜欢这间。"

"哪间？"妈妈问我。

我抬起手来，僵硬地指了过去。

"那是天宁的……"

"天宇，天宇！"没等妈妈说完，我就大声地打断她，"是！你一片好心！可人家领不领呢？！八抬大轿也抬不过来，你这么自作多情做什么呢！"

我可能是跟老天借了胆，才敢头一次对妈妈如此无礼，又或许，只是被叶天宇伤透了心。但我此刻无暇顾及这些，只想所有的情绪有一个出口。

妈妈被我的反应惊到了，张大嘴巴不可置信地看着我。

"莞尔！"爸爸生气地说，"你还有没有点规矩了？怎么可以这样跟你妈讲话？"

"我看是她早就忘了，她的那条命是怎么捡回来的了！这个忘恩负义的家伙！"妈妈终于没忍住，厉声骂道。

我转身跑了出去。

一条命罢了。

大不了，把这条命还给他好了。

市民广场的休息椅上，我把头埋到鱼丁的怀里，哭得上气不接下气。

"嘿嘿。"鱼丁傻笑着，笑完后，她忽然抬起手指着前面说，"你看，猪豆！"

真的是猪豆，他戴着卡通的帽子，正在向路人贩卖一些用于增添新年喜庆气息的贴画。我还没反应过来，鱼丁已经站起身来，朝着猪豆大声叫喊："这边，这边，这边要买！！"

猪豆闻声看了过来，发现是我们后，他急匆匆跑了过来，满脸惊喜地问："你们怎么在这里？"

"这里又不是你一人的地盘。"鱼丁一边回答猪豆，一边伸出手来拨弄着猪豆胸前挂着的袋子里那些红彤彤的剪纸，"改邪归正啦？看不出来啊猪豆。"

猪豆不好意思地挠挠后脑勺："在这儿还能碰到你们，真巧呀。对了，苏莞尔，我正找你呢。"

"干吗？"我的目光闪烁不定，真怕被他看出我刚刚哭过。

"你还生气呢？你去劝劝天宇吧。他那工作，干起来实在太危险，前两天差点被一个喝醉酒的人打破头，我看还是趁早别干了。"

"哦。"我听见自己用冷漠的声音说，"可是，关我什么事呢？"

"怎么会！你劝劝他吧，他会听的。"猪豆说，"他不听你的，那还会听谁的呀。你别看他跟你横脖子瞪眼的，可实际上，他最听你的，真的。"

"好啦，猪豆。"我说，"那些都是他的自由。"

"苏莞尔，你真的误会叶天宇了！你别看他对你那样，其实，他真的是很在乎你们的。他那么做，只是因为，他不愿意成为你们的负担。"猪豆急了，紧接着，又说道，"你和他的一张合影，他一直都留着，当宝贝一样。"

"合影？"什么合影？我怎么不记得我和叶天宇有过

合影。

"照片上你扎个小辫，笑得很甜，他拿着把枪，站在你后面，看着可凶了。"猪豆说，"就这张，你没印象了？再好好想一想？"

我沉默。

"你不应该放弃他。"猪豆看着我。

我不知道该说什么好，倒是鱼丁，她拍了拍猪豆的肩，说："好啦，猪豆，没事的！苏莞尔这个人，向来都是刀子嘴豆腐心，你放心吧，她不会不管的啦。"

我依然沉默。

这么多天以来，我之所以铁石心肠，是不想再给任何人伤害我的机会。可是，他是否真的想过要伤害我呢，还是，这一切本就是无心？

新年很快就到了，我们在新年到来之前搬了家。

除夕。

爸爸把我的床和抱抱熊都搬到了原本留给叶天宇的房间，可我却没有去那间卧室睡，而是依照妈妈的安排，睡在了朝北的那间。

这天，外公、外婆，还有叔叔他们都来了，一大家子齐聚一堂，在我家过年。妈妈做了很多的菜，可是她却显得有些郁郁寡欢，因为她最盼望的那个人没有来，只是打来了电话向她拜年，说是年三十晚上要值班。

一大家子看似热闹地吃完了年夜饭，我收到了一大堆的压岁钱。

我帮着大伙儿把餐桌上的碗筷收拾好，走到厨房时，却发现妈妈正站在洗碗池前偷偷地抹眼泪。我并没有走上前去，更没有说什么体己贴心的话，而是放下碗筷，终于下定决心去做那件我一直想做却没有勇气去做的事——让叶天宇回家！

不管他愿意还是不愿意，我都要把他带回家过年不可！

春节晚会已经开场，趁着大人们不注意，我悄悄地溜出门。街上没有出租车，我就朝着百乐门一路跑去，浑身冒微汗的时候，我终于到了。

我往里走，一直走到灯火辉煌的大厅里，有好几个穿着保安服装的人从我面前经过，但都不是叶天宇。我站在那里有些不知所措，不知道该拉住谁来问一下。就在这时，有几个男人从我身边经过，像是喝多了，竟一起冲着我吹口哨。我吓得连忙往墙边退，其中一个还是跟了过来，口齿不清地问我："小妹妹，等谁呢，还不回家过年？"

我不予回答，继续往后退，却直直撞到了墙上，没了退路。

早知道，就应该让鱼丁陪我来！

正当我后悔不迭的时候,突然听到一个熟悉的声音:"你怎么在这里?"

是叶天宇!

他穿着保安服的样子真滑稽。看到他以后,我放心多了,赶紧绕过眼前的男人,往他身边跑去。

男人忽然从身后伸出手来,一把拽住我就要走,醉醺醺地说:"这个妹妹年纪很小嘛!"

我被他的举措吓得失声尖叫。

"放开她。"叶天宇冷冷地说。

"跟谁说话呢?"听到叶天宇的话后,那男人非但不放,反而把我拽得更紧了。

"我让你放开她!"叶天宇话音刚落就重拳出击,一挥手就直接打到了那人的鼻子上。

那人吃痛,大喊了一声,随即松手放开了我。

我抬眼一看,他的鼻子已经开始流血了,有好几滴飞溅到我的衣服上。我整个人都吓蒙了,喊也不敢喊、动也不敢动,呆愣在原地,还是叶天宇一把将我拽到了他的身旁。

那人自然不会就此善罢甘休,很快,与他同行的几个男人便将我和叶天宇团团围住了。

"哥们儿,劝你一句,别惹事儿。"叶天宇甩甩手说,"大过年的，我也不想谁挂彩。"

"敢打我老大！别以为你是百乐门的人我就不敢惹。"说话间，就见离我最近的人直接从口袋里掏出了一把尖刀，明晃晃的，看着让人害怕。

"真要在我的地盘上动粗？"叶天宇不为所动，冷笑着说，"小心我送你们进局子！"

我回头，看到好几个保安正朝这边赶过来。

"走！"那个被打的男人捂住鼻子对同伴下令道。

拿着刀那小子还不愿意，依旧虎视眈眈地看着我们。直到被别人踢了一下屁股，这才骂骂咧咧地走了。

"没事吧？"另一个保安问叶天宇。

"没事。"叶天宇回道，"搞定了。"

等他们走开了，叶天宇看着我，讥笑道："瞧，被人家当什么了？这种地方是你能随便出入的吗？"

"你不是在这里上班吗？"我也看着他，回道，"既然你都知道这里不是什么好地方，那你为什么还要待在这儿？"

他做了一个夸张的扒饭的动作："我得吃饭，小姐。"

"你这么骄傲做什么？"我问他，"你知不知道我妈妈躲在厨房里偷偷地哭，你有没有考虑过别人的感受？"

"等等。你是来骂我的？"叶天宇说，"不好意思，我现在要上班,可没工夫听你骂我。"

"没事,我可以等到你下班。你下班了我再骂。"

"莞尔,"叶天宇叹了一口气,看着我说,"你能不能不要这么任性?"

"你呢?"我目光直直地看着他,反问道,"你能不能也不要这么任性?"

"好吧,你到底要做什么?"

"跟我回家,过年。"我说。

"小姐!"他气结,"我在上班!"

"你以后永远都不许再上班,更不许在这里上班!"听到他说"上班"二字我就生气,不自觉地提高了嗓门。

"我的老天!"叶天宇说,"你再不走,我真要丢掉工作的!"

"那可太好了!真这样的话,我更不会走了,我就要让你丢掉这份工作。"我执拗地说。

叶天宇无可奈何地走上前来,伸长手臂圈住我说:"你先回家,听话。我答应你,等我下了班就去你家还不行?"

"你少骗我。"我推开他。

他举手发誓。

男人口中的誓言,远不如一个当下的兑现,在虚无缥缈的未来和现实之间,我自然更看重后者。

他发他的誓,我仍不肯走。

来之前我就想好了,不带他回家,我决不罢休。

他见我如此,终于又开口道:"就算这是最后一天的班,你也得让我上完是不是?不然我这个月的工资就要泡汤了。"

"那好,几点下班?"我让步。

"我今天是早班,晚上六点到十一点。你先回去,等我下班了就赶到你家,到时候我们还可以一起迎新年嘛。"他看着我,继续说道,"听话,你先回去,别让你爸爸妈妈担心。"

他说的也不是没有道理,毕竟我出来时,并没有告诉爸妈自己的去向,如果他们发现我不见了,不知道该有多心急。

一次让步,步步后退。我只在心里默默祈祷着一件事——叶天宇,这次你可不能再骗我了。

叶天宇将我送出来,招手拦了一辆出租车。司机说过年不打表,市区内统一收费二十块。

"行,二十就二十。"叶天宇替我关了车门,跟司机嘱咐道,"把她安全送到家就行了。"

说完,他从口袋里掏出钱来直接递给司机。司机发动车子的时候,我从怀里掏出一本书来,从车窗递给他,说:"新年礼物!"

叶天宇将书接了过去，放在眼前仔细一瞧，发现竟是那本被他丢掉的《迷宫地图》后，吃惊地问我："你怎么又捡回来了？"

这新年礼物破旧不已，甚至有些拿不出手，但对我而言，于叶天宇而言，是一份记忆的承载，我当然不能丢弃。

我没有回答他的问题，而是冲他微微一笑："我先走了，记得啊，我等着你回家过年，别让我们失望哦。"

车子开走了，我回头看了看，发现他好像一直握着书站在那里，目送我离开。

手机接连传来信息的提示音，我看着泛着光的手机屏幕，是鱼丁，是简凡，甚至还有林志、老班……新年的祝福一个接着一个，我微笑着一个一个地回过去，多日黯淡的心情终于变得明媚起来，因为我有足够的把握，我已经赢了，叶天宇会回家，一定会回到我和爸爸妈妈的身边。

我们全家会在一起，过甜甜蜜蜜的幸福生活。

可是，十一点过了，十二点也过了，我却没有等到叶天宇。

他没有来。

他骗我！

这个浑蛋，他居然又骗了我！

就在我满心愤怒和委屈的时候，手机响了起来，是猪豆打来的，他在电话里哭喊着："莞尔，快来医院！叶天宇在百乐门外面被人捅了十几刀，性命垂危！"

妈妈听到后当场就晕了过去。

我也差点晕了，这件事是谁干的，我想我知道。

在医院里，我对警察说："无论如何，我会配合你们把凶手找出来。"

是的，无论如何。

鱼丁也赶来了，她抱着我，一直安慰我："没事的，莞尔，叶天宇这小子福大命大，肯定不会有事的！还有，我跟你保证，如果警察找不到那些凶手，到时候，我替你报仇，非结果了他们不可！"

"都怪我，"我有气无力地说，"我不去百乐门，肯定就不会发生这样的事。"

"要输血！"护士从急救室里奔出来说，"谁是病人家属？谁是A型血？"

"我我我！"我从鱼丁怀里急急地跳起来，连声喊道，"抽我的，抽我的，抽我的！"

"我是A型。"坐在一旁的爸爸也站起身来，他看了我一眼，说，"莞尔，你别急，爸爸去！"说完，他就跟着护士一路小跑去了采血室。

这真是史上最悲惨的一个新年。

叶天宇在急救室，妈妈因为此事躺在病房，而鱼丁和猪豆也没能和家人守岁。鱼丁一直抱着我，一直一直跟我说："要勇敢，不会有事……"

一时之间，我也分不清，到底是鱼丁的声音在发抖，还是我在不停地发抖。

仿佛过了一个世纪那么久，急救室的门终于开了，医生用公事公办的口气说："病人脱离危险了，多亏他胸口放着一本书，挡住了最致命的一刀。"

鱼丁闻讯，松开抱着我的手，竟振臂欢呼起来。

一直蹲在墙角的猪豆也兴奋地站了起来。

"先送病房。"医生对爸爸说，"一个小时后家属可以探视。不过，探视的时间不能太长。"

"太好了，谢谢，谢谢医生！"爸爸一直在道谢，直到医生远去后，他才转身对我说，"真是上天有眼啊，没想到竟是一本书救了天宇！快，快去把这个好消息告诉你妈妈！"

谢天谢地，我想，只有我知道，那是我给他的那本迷宫书。

而此刻，我、猪豆还有鱼丁，我们三人紧紧地拥抱在一起。

春天的早晨，阳光明媚。

END

尾声

叶天宇的房间被妈妈收拾得干净明亮。

门铃轻快地响起来,应该是去医院接他的爸爸回来了。

"去开门啊。"妈妈看着发愣的我说。

我奔了过去,打开门后,就看见站在爸爸身后的他。他新剪了头发,衣着整洁,脸上带着干净明朗的笑容,而眉宇之间,又有一如既往的桀骜不驯。

我看着他,微笑着说:"欢迎回家。"

他们还未进门,电话就响了起来,妈妈接起来后不足五秒,就开始高喊我的名字,原来是鱼丁。

我接过电话,就听到鱼丁在电话那头酸溜溜地说:"苏莞尔,你可真行,还没开学就跟校报交稿啊?真够积极的。"

"呵。"我回她,"写完了就交嘛,欠了好久啦。"

"还有,你这题目真够酸的,《我要我们在一起》,啧啧啧……"

"怎么,有意见?"

"是啊,当然有啊。"鱼丁说,"我和简凡的意见一致,我们都认为——这篇习作可以称得上是苏莞尔同学的代表作。"

"你别拍我马屁!"

"嘿嘿。"鱼丁笑了两声,"对了,我还要告诉你一件事,简凡说,他不打算起诉那些记者了。他还说,应该像你在文章中所说的那样:以无限的宽容和坚持成全自己的美好。"

"嗯呢。"我说。

"还有还有,"这个鱼丁,什么时候也开始变得婆妈和羞涩起来了,"还有,我想,我心里的那个坎儿也过去了,真的,莞尔,我不骗你的。"

"嗯呢,嗯呢。"

放下电话,我看到叶天宇拎着行李站在他的房间前,阳光将他的头发照成了金黄色,一如我梦中常常出现的那段影像。

不知道他有没有看到我贴在他床头的那张贺卡,那是我自己亲手画的卡片,而卡上有六个大字:欢迎老哥回家。

是的。

欢迎老哥回家,我要我们在一起。

通往幸福的那张地图,我想,我已经真正地找到了。

THE

MISSING

有些人说不出哪里好
但是谁都代替不了

遗失的美好

The Youth Growth Series

"叶子西,你这样就是不要脸!"

"不要脸又怎么样,命还可以不要呢!"

"我跟你说,你不要跟我耍流氓,看你这小样儿,我今天不收拾你,我就不是人!"

"那你还真要把我收拾了,你不是人我成什么了,你不想当人,我还想当人呢!"

"你再这样,我就告诉你妈!"

"你舍得电话费你就打啊,我怕什么啊!"

"有种你给我过来!"

"有种你揍啊,揍啊!"我跑到他面前,高昂着头,挑衅地看着他。

他没有动手,我知道他不会动手。他顶多也就是跟我骂两句,骂完后再把我的手机没收,藏起网线,再请两三个家教轮番给我讲课，忙得我连喝水、上厕所都要"抽空"。

然后他就得意了，自以为赢了。

我并不生气，甚至想得很开，才十六年嘛，慢慢来，先让他占尽上风也无所谓，谁让我现在吃他的喝他的呢，以后我翅膀硬了，谁输谁赢还没个准呢。

卜果听我这么一说，笑得差点从凳子上摔下去，他伸手重重地点了一下我的脑门说："叶子西，你真是个奇奇怪怪的女孩！"

"还好你没说奇形怪状。"

他又笑个不停。

我真可怜他，我的幽默只使了一成，他就已经笑到半死不活。我要是使上个三成五成的，估计他早就笑到阎王爷那里报到四五回了。

卜果是我的家教之一，教数学的。但后来别的家教都被我"辞"掉后，他就成了我的全能家教。

我还记得他第一次来我家的时候，当时我正在家里看DVD（视频光盘），都是老掉牙的片子，而我反反复复地看，只是因为喜欢里面的主题曲。卜果盯着电视看了一会儿，跟我套近乎道："郑伊健年轻的时候还是蛮帅的嘛！"

瞧他那身打扮，还知道郑伊健，真是不容易。

我起身关掉电视，把数学课本往他面前一摊，说："讲吧。"

大约十分钟后，他把书合起来，看着我说："叶子西，我可不想白费力气。"

我懒洋洋地说："你要是长得帅一点，哪怕像郑伊健那样，我也可以将就着认真点学。四十块钱一次的补课费，我老爸不心疼我还心疼呢。"

"谁告诉你是四十？"他说，"是三十五。"

"那又有什么区别呢？"

"当然有。"他很认真地说，"四十减去三十五等于五，你不会连这么简单的数学题都不会做吧？"

我倒。

遇到这样的人，我的心情只有两个字可以形容：郁闷。

不过，他还是比之前那个老是嚼着口香糖给我上英语课的漂亮姐姐讨人喜欢。最重要的是，我能听懂他都讲了些什么，这样我老爸的钱才算是没有白花。

卜果的认真劲儿真可谓前无古人后无来者。每次来以前，他都会给我抄上一大堆的题目，看得我眼花缭乱，做得我眼冒金星。要是我有不懂的题，他就是折磨我到半夜十二点也非要让我弄懂了不可。而且，我老爸说"他是自愿加班的，咱不用给钱"。

我老爸是个商人，通俗点说，就是暴发户。就从我俩一开始那对话估计你也看出来了，他那点素质也真是够呛。

我问卜果我老爸到底在哪里找到他的，他说，家教市场呗。暑假里没回家的大学生可多了，几十个人围着我爸爸，可能是见卜果老实，就一把把他拎出来了。

"你哪儿的？"我问他。

"沂蒙山区。"他说。

"在哪儿？"

"中国。"他正儿八经地回答我。

于是我说："天翻地覆。"

他说："啥？"

我说："你别说话了，你一说话我就倒个天翻地覆。"

这回倒的是他。我一说话他就倒，后来，可怜他那颗小小的心脏，我就干脆不说了。我对木子李说，没见过这么没幽默感的男生，整个一土包子。

"错。"木子李说，"是土馒头，连馅儿都没有。"

在这里，我有必要介绍一下木子李同志，他就是那个导致我老爸骂我"不要脸"的那个"不要脸"的家伙。

木子李是我的同桌，本名叫李宁，天知道他怎么想的，他说因为我叫叶子西，而作为同桌，为了跟我一致，所以他勇敢地冒着被一些思想不正常的人误会的危险叫自己"木子李"。

这样一来，在很多人的眼里，我跟他好像有点什么似的。但实际上，我跟他真的没什么，顶多就是有点暧昧，比如我妈刚"抛弃"我们去美国读什么"博士"的第一年，在我想哭的时候，他老是给我讲笑话。比如在漫长的暑假里，他会突然给我发条狗屁不通的短信息："叶子西同志，在这寂寞的夏夜里，我突然发现我对你有一些狂乱无比的思念。"

这条狂乱无比的短信息，恰巧被我老爸看到了。老爸逼问我此人是男是女，我就招了。他又问我这条短信息是什么意思，我说又不是我发的，我怎么知道是什么意思。他又问为什么对方会叫木子李，我说因为他姓李啊。他还要问姓李就姓李为什么给自己取名木子李，他有何居心。我就干干脆脆地大喊说："木子李又不是木子美，有什么好紧张的啊！"然后我就被骂不要脸了。

再然后，我的手机就被没收了，就连家里的网线也被他拔掉藏起来了。

你就说我冤不冤！因为一条莫名的短信息，我整个人被迫与世隔绝!

我真是郁闷到家了!

我借了卜果的手机给木子李发短信息怒斥他的"罪行"。他回得挺快,假模假样地问我:"你谁呀?"

我愤怒:"木子李,你少跟我装!"

"哎哟,是叶子西啊,想必你的手机又被没收了吧,这回借的谁的啊?"

你看,他多了解我!

"帅哥卜的,我正陪他喝咖啡呢。"

"对着土馒头喝,小心喷鼻血呀!"

我正要再回,卜果一把将手机抢了过去,说:"好了没,都发三四条了,超支了!"

我把十元钞票往桌上一拍,说:"给我发五十条,让你赚五十条还不成吗?"

"那不如打电话了。"他说,"花五块钱打电话,什么事都说清楚了。"

倒。

这个卜果,要打电话我不知道用家里的电话打啊。他不知道,我跟木子李之间的事,是根本就说不清楚的,发五百条、五千条、五万条短信息估计也说不清楚。

其实，这才是我真正的郁闷所在。

自从我老妈出国后，我好像就开始越来越依恋某个人，虽然我知道这是不可以的，有些美好是不可以进一步的，可是我好像有些管不住自己，真是乱了套了。

真是郁闷到家了。

我跟卜果老老实实地说我看不进去书，也做不进去题，逼我也是没有用的。卜果看了我两秒钟，说："那你说吧，你到底想干什么？"

我说："我要是知道自己想干什么，我还在这里待着干吗？"

卜果说："使劲想。"

于是我说："想去喝咖啡，然后去网吧，累了再去喝咖啡。"

卜果说："那可要很多钱。"

我说："没事，我爸有钱。我爸是暴发户，他除了钱，什么也没有。"

"你不应该这么说你爸！"卜果很认真地打断我。

"我爸是暴发户，他除了钱，什么也没有！"我重复一遍。

卜果的脸色有些微变，过了很久他才说："叶子西，你这样身在福中不知福是会吃亏的，是会吃大苦头的！"

我说："你是我什么人？"

他闭上嘴不讲话。

我又说:"你不过是我爸花钱雇来的家教,你好好教你的课就是,你凭什么这样子教育我,我最讨厌的就是你这样自以为是的家伙!"

他还是没说话,但是他走了。

我觉得很轻松。

晚上的时候我妈打电话来,可是我不愿意接她的电话,我老早就不接她的电话了。她在QQ上找我,我呢,就干脆隐身躲着她。她让我给她寄些照片,老爸催我好多次了,而我死活就是不肯去照相。

老爸拿着电话问我:"你真的不跟你妈妈讲话?"

我摇摇头。

讲了又怎么样,讲了还不是隔着几大洲几大洋。

一时没找到更合适的家教,老爸动员我说:"要不还是让卜果回来吧?"

我说:"如果再让卜果来教我,我就去死。"

对于我的胡说八道,老爸叹了口气没说啥,又开始继续跑家教市场,甚至打电话求人。

而我?

我在家闷了两天,闷得有些吃不消了,终于下定决心约木子李出来喝咖啡。

其实我真的很失败，我是希望木子李可以先请我的。但在多次暗示未果的情况下，我也只好放下架子，先邀约了他。不过，他答应得很爽快，这让我的心里稍微舒服了那么一点点。

夏天很热，咖啡屋里很凉快。木子李戴着棒球帽走了进来，有点假假的潇洒。那一刻，我才发现自己陷进一种小情绪里很久了，难怪潇洒不起来。

木子李走到我面前坐了下来，点了一杯炭烧。我忽然觉得自己有点想哭，不，不是有点，确切地说，是非常想哭，于是我就哭了。

木子李有点傻了，他傻傻地看着我，说："叶子西，你搞得我好紧张哦。"

"我把土馒头辞了。"我拿着面巾纸一边擦泪一边说。

"你该……不会是……对他……有啥了吧？"他可真能瞎想。

"能有啥，能有啥啊？你思想怎么这么复杂呢！"我朝他喊道。

"那你哭什么呀！"他好委屈。

"我真是郁闷到家了。"我说，"我不知道该做什么、想什么，我什么也不知道，我觉得我离死真的不远了！"

"我也郁闷到家了。"木子李说。

"为啥？"

"因为你这样啊。"木子李说，"你怪怪的，我弄不懂你。"

"谁要你懂？"我矫情地说。

"是不是我上次的短信息闯祸了？"

"还提！"

"嘿嘿，你妈妈有没有写信给你？"

"没有。"我低着头回答他。

"其实你爸也挺不容易的。"木子李说，"养你这样的女儿，容易吗？"

"我是什么样的？"我问木子李。

"不太好养的那种。"他坏笑。

"那你是不是有点喜欢我？"我飞速地问，问完了，然后直直地盯着他。

他完完全全地蒙了，沉默着，不知道该说什么好，脸上一阵红一阵绿。但其实，这也是我预料中的结果，这世上哪有什么爱情呢，你看看我那俗气的爸爸、自私的妈妈，你看看我那破碎得不值一提的家，我从来就不相信这些东西，我从来就不信。

从咖啡屋走出来的时候，我的眼泪已经完全干了，我不觉得有什么好哭的了。

木子李没有追上来，他应该是被我吓坏了。

这个没出息的家伙。

其实，我之所以那么说，并不是真的想要些什么，我那么做，只是为了任性地证明，想要得到一个结果，证明这个假期以来的那些没出息的想念不过是一种错觉。

他给了我很好的证明，他配合得真是不错。

我再次把自己关在了家里。什么家教我都不要。老爸把网线和手机往我手里塞的时候，我拼命地往后躲，我难受，难受到什么都不想要。

开学的前一天，我去新华书店买文具，在货架前挑选的时候，一抬头，就看到了卜果。

卜果正在替别人搬东西，是很重的家具。卜果很瘦，汗水湿透了他的衣襟，他根本就搬不动那个巨大的东西，但是他一直在用力，用力拖着、抬着。

我们的目光对视，他冲着我微笑，擦擦汗，对我说："嗨，叶子西，你好吗？"

"你在做什么？"我问他。

他轻松地笑笑，说："挣钱啊，就要开学了，学费还没挣够呢。"

"怎么你家里……"

"呵呵。"他打断我,"并不是每个人都像你那么好运的,小丫头。"

我看着他一脸的汗水,有些呆滞了。

卜果毫不在乎地擦擦汗,说:"你可能不知道,上次你爸爸去家教市场替你请家教的时候,也是这样,一脸的汗水。你真的不应该那样说你爸爸,真的。"

我转身飞奔离开。

那天回到家里,我收到了木子李的邮件,他说:"叶子西,你真是任性啊,可是我还是希望能够守住内心里那些纯净美好的东西,希望你明白我。"

邮件的末尾,附带了一首张韶涵的歌——《遗失的美好》。

我点击了播放键,张韶涵的声音响彻整个房间。她唱着:"有些人说不出哪里好,但就是谁都替代不了……"

老爸问我:"在听什么呢?"

我回头,看着老爸,说:"老爸,我有两个请求,不知道行不行。"

他说:"你说啊。"

我说:"第一,我想给妈妈寄张照片;第二,请卜果继续做我的家教吧。"

爸爸看着我，脸上带着微笑，然后他说："行。"

我忍不住问他："是不是不管我想做什么都行？"

他想了一下，回答我："正确的，都行。"

大人都是很狡猾的。

不过，我忽然一点也不恨他们了。

真的，不恨了。

TASTE
OF
那淡淡的柠檬草的味道
我已经深深地懂得
LEMON GRASS

柠
檬
草
的
味
道

The Youth Growth Series

认识陈洛纯属偶然。

有很多小说好像都是用这样的句子作为开头。

很遗憾，我必须这么俗气地、没有新鲜感地来讲述这个故事。但事实是，这个故事算得上我十六年来波澜不惊的日子里最为传奇的一个，以至于很久以后我再想起来，仍会觉得就像是一场梦。

那个叫陈洛的男孩，他从天而降又凭空消失。他喝着一杯淡淡的柠檬水，给一向迷迷糊糊的我讲述一个看似与我有关的故事，让我有那么一瞬真的疑心自己是一个天使。

艾薇儿双手合十，用充满神往的样子对我说："蓝澈，我真羡慕你，我要是也能感受一下做天使的感觉，该有多好啊，真的，哪怕只是短短的一瞬。"

艾薇儿不知道，其实很多时候，我都在羡慕她。

艾薇儿是那种天生可爱的女生，有苹果一样的脸蛋、冰激凌一样甜的微笑和无伤大雅的调皮。当然，她还有很多很多的朋友。闲下来的时候，她喜欢去耐心地观察和细致地评价一个人。

这是我做不到的，我没有她那样的勇气，也没有她那样的敏锐度。

还记得那天是周末，我们学校放月假。

因为是艾薇儿的生日，我得到妈妈的特批，可以和艾薇儿一起去逛街。我们真的有很多天都没有逛街了，大家喜欢的那条街到处都是新开的小店。"女生专卖店"里所有的东西都不超过十块钱，消费起来可以不用心痛，让人心花怒放。

艾薇儿的手里握着她爸爸才给她买的生日礼物——索尼数码相机，见到什么都乱拍一气。差不多花光了口袋里所有的钱后，我们在一家比萨店坐下来。我捂着咕咕叫的肚子，双眼盯着服务员递给我的菜单，正在思考点些什么既便宜又顶饱的东西时，艾薇儿忽然从书包的夹层里掏出一张百元大钞来，嘿嘿笑着说："随便点，我这'留有后路'呢。"

这个艾薇儿！总是可爱到让你忍不住想在她脸上捏一把。

我乐呵呵地要了炒冰，又毫不客气地点了一款新上市的比萨——"流金岁月"。

"这名字真够让人想入非非的。"艾薇儿托着腮,一手捏着把叉子在桌面上戳来戳去地感慨,"蓝澈,你说,我们度过的日子算不算是流金岁月呢?"

"顶多是流银吧。"我苦着脸说,"念书真是太苦了。"

"那干脆就叫流铜岁月好啦,哈哈哈!"艾薇儿痛痛快快地笑起来,笑到一半的时候,艾薇儿的脸突然僵住了,一双眼睛直直地盯着前方。

按照以往的经验,我估计她一定是看到"帅哥"了。

果不其然,很快,艾薇儿就低下了头,带着极度夸张的表情嘿嘿乱笑着说:"天啦天啦,原来这个世界上真的有帅哥啊。"

"是个男生你看着都帅。"我抢白她。

"是真帅。你看嘛,快看嘛!"要死的艾薇儿,竟然拿着手里的叉子开始戳我的手。我吓了一跳,一回头,就看到了他。他戴了顶棒球帽,靠在窗边一个位子上,正懒懒地喝一杯冰水。

老实说,是挺帅。

"他穿的短袖是我喜欢的牌子,我赌他穿的袜子也是。"艾薇儿咂嘴,咂完后,拿起她的相机,顺手就给人家拍了一张照片。

我埋下头偷偷地笑。

还没笑完呢，那人已经冲了过来，朝着艾薇儿一伸手，凶巴巴地说："把相机交出来！"

艾薇儿吓得迅速把相机往包里一塞，说："干吗呀，光天化日之下抢劫啊！"

"请你把刚才拍的东西删掉。"那男生说。

"东西啊？"艾薇儿顾左右而言他，"我刚才拍什么东西了？再说了，我拍的是东西而已，跟你这个人好像没什么关系吧？"

"你不删也可以。"男生掏出手机说，"我这就打110！"

我的乖乖，这可把艾薇儿唯恐天下不乱的性子给活生生地激出来了，她当下把包一背，扯着嗓子说："好啊好啊，你打啊，反正打110是免费，要不，我把我的手机借你打也可以的哦！"

男生不说话，真的开始低头拨号码。

我见状，连忙站起身来，一把握住他的手说："等一等！"

他停住了，目光落在我握着他的手上。

我也意识到了，一张脸立刻变得通红。

我发誓，我从来都没有这样握过一个男生的手，这完全是情急之下的举措，实属偶然，实属偶然！

我慌忙放开他，故作镇定地说："等一等，大家不用这么冲动吧，有话好好说。"

男生看看我，坚决地说："她必须删掉。"

"删什么删？"艾薇儿下巴一抬，说，"陈冠希、古天乐、周杰伦、F4我统统都拍过，人家也没有你这样拽嘛！"

"艾薇儿！"我扯扯她，示意她闭嘴。

就在这时，服务生端来了炒冰。艾薇儿坐下来，大口大口地吃了起来，脸上洋溢着那种拼命隐藏却藏不住的得意的笑。

我是笑不出来，光是看那男生气烘烘的样子，我都会担心，没准儿，下一步他就要掀桌子了。

"她会删的，她只是喜欢开玩笑。"我赶紧跟那男生解释，"我保证。"

"你拿什么保证？"他问我，"你知不知道我真的可以告她？"

我顺手拿起餐桌上的一张广告纸，从包里掏出笔来，飞快地在上面写下了我的QQ号和网名，然后递给他。我说："如果因为照片的事出了什么麻烦，你可以找我。我负责，好吗？"

他接过纸片，盯着它愣了好久，又看了我一眼，看得我都不好意思了。还好，他接过纸条后，便没有再那么咄咄逼人了，但仍气呼呼的，他回到自己的餐桌前唤来服务生，买了单拂袖而去。

而艾薇儿，脸都要笑肿了。等他出了门，艾薇儿这才扑哧一下吐出口气来，问我："你给他的是真的号码？"

"可不！"我没好气道。

"够水准！"艾薇儿朝我一竖大拇指，说，"你结识帅哥的本事比我还要高明，佩服佩服，在下实在佩服！"

"别把人家的照片乱发啊。"我警告她，"小心人家真的告你！"

"安心啦。"艾薇儿把数码相机掏出来一看，说，"哇，真是好帅哦。你放心好啦，我顶多放到我们班论坛上，到时候呢，我就跟大家说，这是蓝澈的表哥，哈哈哈！"

"你敢！"我把眉毛一竖，却正好看到艾薇儿举起的相机里的那张照片，他眉头紧锁，像是有很重的心事的样子。

不知道，今天这件事会不会让他更加不开心呢？

我心里真的觉得挺过意不去的。

比萨烤好了，服务员送来时，我却一点胃口也没有了，坐在位子上，呆呆地看着艾薇儿狼吞虎咽地吃着比萨。

月假结束后，我们又回到了学校，继续没完没了地学习。

中考前一个多月，别说上网了，我连电脑的键盘都没有机会摸一下。艾薇儿的数码相机在过生日这天"乐"了一回后，就被她爸爸收了起来。所以，我完完全全地忘了这件事。

终于等到考试结束。那天，我打开电脑的时候，竟发现QQ上有好多的新信息，一个叫"落落"的人数十次地发来了添加我为好友的验证。

我点了通过后，问："是谁？"

他竟然在线，很快就回了我："我是陈洛。"

"我不认得有一个叫陈洛的。"仔细搜寻记忆后，我如实回他。

"你是不是去过一家比萨店？"他问我。

呀！

被他这么一问，我的脑子里电光一闪，忽然就想起来了，竟然是他！

"是，去过。"我说，"你就是那个被艾薇儿偷拍的帅哥吗？"

"我还以为是自己做梦呢。"他说，"我一直加这个号码，但一直加不上，可是那张你写了QQ号的纸条，却是真实存在的。"

他语气很激动的样子，倒弄得我有些不知所措起来，连忙跟他说："对不起啊，因为要中考，所以我好长时间都没上网。不过，请你放心，艾薇儿没有乱发你的照片，而且，照片也被她爸爸删掉了！"

"我们，可以见一面吗？"陈洛忽然说，"就在上次那家比萨店，可以吗？"

老实说，我被陈洛这个突然的邀约吓坏了，一时之间连字都敲不出一个。

过了好半天，我才傻傻地问他："为什么呢？"

"就见一面吧！"他恳切地说，"我想知道你是不是真的存在，我真的很想很想再见到你。说好了，明天下午两点，我会在那里等你，你不来我不会走的，我会一直等到你来为止！"

这次，我真的被完完全全、彻彻底底地吓坏了，吓得直接关了电脑，迅速打电话给艾薇儿说了这件事，我问她："你说这人是不是有毛病？"

艾薇儿思考了半天，回答我"我觉得,这可能是一个陷阱！他还在为那天的事情不愉快，所以想要报复我们，逗我们玩，或者，只是想捉弄我们一下？"

"啊？那怎么办？"

"以其人之道还治其人之身！"艾薇儿神神秘秘又胸有成竹地说，"反正我们都有准备了，不用怕，我陪你去，等着好戏上场吧！"

"可是……万一……"

"蓝澈！你不要做什么事都这么磨磨叽叽的！"艾薇儿呵斥我，"光天化日之下，有什么好怕的。再说了，天塌下来还有个儿高的我撑着，就这么说定了！"

艾薇儿挂了电话。

而我，依然百思不得其解，于是，又打开了电脑。

他已经不在了，但QQ上有留言："明天，我会一直等你，直觉告诉我，你是个善良的女孩，你一定会来的。但请记得，一定要一个人来，好吗？"

我犹豫了很久，还是没敢一个人去。

我和艾薇儿商量好了。我先进去会一会他，探个究竟，而艾薇儿呢，负责带上我们班几个男生潜伏在里面，准备见机行事。到时候，只要这小子稍有不轨，便和他"决战"，给他点颜色！

漂亮的艾薇儿很轻易就搞定了我们班五个"牛高马大"的男生参与这次活动。反正中考刚刚结束，大家正闲着无聊，听说要去揍"帅哥",还有免费的比萨吃,自然个个都兴致高昂。

只是,可怜了我的钱包,被艾薇儿掏了个精光!

"钱,生不带来,死不带去!"艾薇儿说,"图个乐子最最重要!"

"可是……"我说,"他会有什么企图呢?"

"兵来将挡,水来土掩。"艾薇儿在"临战"的前一刻鼓励我说,"蓝澈,你一定行的!他认得我,我现在不宜露面,我就在外面等着你。不过,你放心,男生们都在里面潜伏好了,我们也排练过了,你是绝对安全的。"

"那好吧。"我怀着忐忑不安的心情走进了那家比萨店,才一进门,果然看见我们班好几个男生分散着坐在各个角落,装作不认识我的样子。

有一个更夸张,真把自己当特工了,见我进来了,竟抄起一张报纸遮住了自己的半边脸!

我倒!

我在陈洛上次坐过的那个靠窗的位子上坐了下来,没过一会儿,就见到他进来了。

他还是穿着那天的运动装,个子高高的,看上去帅气极了。

这是我第一次赴男生的约会,紧张到心跳得无比厉害。

陈洛在我的对面坐下,像上次一样,只要了一杯冰水,上面飘着一片薄薄的柠檬。另外，他还很绅士地替我点了一份冰激凌。

我摆摆手，说："真不用，不用这么客气。"

他看着我，很认真地说："不，我请你。我真的没想到你会来，这让我很高兴。"

我一时语塞，不知道应该说些什么来回应他。

"说真的，很感谢你信任我。"陈洛说，"我今天约你来，是想告诉你，我的新生活就要开始了，谢谢你。"

谢谢我？新生活？

我被陈洛的话整得云里雾里，完全不知道应该说什么，只好睁着一双"茫然而无知"的眼睛看着他。

陈洛见我如此，忽然笑了。我得承认，他笑起来真是好看啊。我都看呆了。然后，我又听到他说："有兴趣吗？我想跟你讲一个故事。"

我呆滞地点了点头，然后，陈洛就开讲了。

"高二的时候，我喜欢上了我们班的一个女生。有空的时候，我们就会到这里来喝一杯冰水。她说，她最喜欢的，就是冰水里那片柠檬赋予的淡淡的味道。这样的日子一直到了大学，我们很幸运，考入了同一所大学。我呢，每天都拼命地努力学习、挣钱，总想着，这样的话，就可以早一天让她过上更好的生活。可是有一天，我们俩在这里喝冰水的时候，她忽然问我：'陈洛，如果我离开了你，你会怎么样？'我捂住她的嘴不让她乱讲，她却咯咯笑起来，告诉我：'你不要那么死心塌地的哦，爱情是充满变数的，说不定，我走后没两天，就在这里，会有别的女生来握住你的手，会给你留下手机号或者QQ号。所以啊，就算咱俩真的分开了，你也不必太怀念我，一个人也要开开心心地过日子。'"

我张大了嘴："难道……她真的离开你了吗？"

"是的。"陈洛望向我，说，"其实，她那时候已经查出患了绝症，并且病情已近晚期，但她一直都瞒着我……"

我的心开始颤抖起来。

陈洛的声音也开始抖了起来："很长一段时间，我都恨极了自己，恨自己为什么每天光顾着读书和挣钱，不对她细心一点。她走后，我每天都来这里喝一杯冰水，希望奇迹出现，她能再回到我身边！以前，我总觉得自己长得还不错，也以为这样就可以拥有一切。可实际上，当打击到来的时候，人往往都是脆弱的，好看不能帮你避过困苦。不过，我真庆幸，她的预言成了真，也庆幸在这里遇到了你。而你，就和她说的一样，你朝我走了过来，握了我的手，留给了我你的QQ号。最重要的是，你和她一样，名字里都有一个蓝字！你不知道，当你握住我的手的那一刻，我就发现，你的眼神跟她特别像，真的！"

"这……可以……简直可以拍电影了。"我结结巴巴地说。

"是啊。"陈洛又笑了，"我对自己说，我一定要约你一次，就在这里，由衷地说出我对你的谢意。我已经大学毕业了，明天就要离开这里了，要去很远的地方。也许，今后我们再也不会见面，但我真的要跟你说一声谢谢。是你的出现，让我相信，她一直在关注着我，未曾离开过，让我有信心好好地去过我一个人的日子。"

"祝福你啊，你一定行的！"我被他的一番话感动到无以复加，真心祝福他。

"我们再握个手吧，好吗？"说着，陈洛将手缓缓地伸到我面前来。我迟疑着，他却用温暖的眼神看着我，给我鼓励，我伸出了手，与他在空中相握。

这是一次真正的握手。

他掌心里传过来的温度差点令我眩晕。

然而，我完全忘了，这里不止我们两个人！

就在这个时候，我们班一早潜伏在比萨店里的男生们全都站起身冲了过来，艾薇儿也不知道从哪里跑了过来，站在我和陈洛就座的餐桌前，叉腰喊道："我就知道你不怀好意，怎么样,是单挑呢还是一起上?"

"一起上喽。"男生们油嘴滑舌地说,"这么老了,也好意思泡小妹妹,真不要脸哦。"

"是啊,是啊!小心我打110啊,别以为只有你会打110!"

"哈哈哈!!"

在大家的笑声和我的尴尬里,陈洛的脸色变得灰白,他眼里的失望让我的心如撕裂一般疼痛,我们刚刚为庆祝他开始崭新的人生而握在一起的手,也松开了。

他慢慢地起身,独自离开。

我一时失神,等反应过来时,我不顾艾薇儿的阻拦,直接冲了出去。

可人海茫茫,他早已经不知去向。

"他都跟你胡说八道了些什么?"看着泪流满面的我,艾薇儿不依不饶地问。

即便如此,我也没有打算告诉她陈洛对我所述的那段故事。

这是我平生第一次对艾薇儿有所隐瞒。

而我选择不说,是因为,我知道,这是陈洛的秘密。我相信他说的每一句话都是真的,骗人的人,从不是他,是我。

我已经错了太多，不能再错了。

那晚，我通过 QQ 给陈洛发去了一首歌的网址。那是我很喜欢的一首歌，歌名叫《柠檬草的味道》。

是不是回忆，就是淡淡柠檬草
心酸里又有芳香的味道
曾以为你是全世界，但那天已经好遥远
绕一圈，我才发现，我有更远地平线
…………

我真心希望他能够原谅我，也祝他有更好的将来。

后来，我上了高中，学习更紧张了。但偶尔有空，我还是会独自去那家比萨店，习惯坐在靠近窗边的位子，只点一杯冰水，常常发呆。

而我，再也没有遇到过陈洛，就连 QQ 上也没有了他的消息。

但是那淡淡柠檬的滋味，我想我已经深深地懂得。

这一天，对于女生佳敏来说，是极其重要的一天。

她将去参加电台举办的一场听友联谊会。

WOODEN

RADIO

爱上和忘记
原来都是那么简单的一件事

木壳收音机

The Youth Growth Series

淡蓝色的入场券静静地躺在梳妆台上,佳敏一边梳头,一边满心欢喜地看着它。还是梳成双小辫儿吧,佳敏想,海天在节目里说过,他喜欢女孩梳着简单的双小辫儿,从都市繁华的背景里走过,清纯而又自然。

　　佳敏的满心欢喜都是因为海天。

　　海天是这座城市里有名的电台主持人,他主持的节目有一个很好听的名字——《都市情缘》。佳敏几乎是天天听。她喜欢极了海天的声音,透过电波吱吱地穿过夜空而来,说着佳敏想说又说不出的一些心情。终于要见到他,叫佳敏怎能不欢喜。

　　好友欣如在楼下扯着嗓门叫她,佳敏一边应声一边拎起包,一阵风似的下了楼。

　　欣如笑着拍拍她,说:"悠着点。"

欣如不喜欢海天，她甚至连广播都不听。她喜欢的是张惠妹，喜欢看她在MV（音乐短片）里野野的样子。

佳敏总是不理解地问："张惠妹有什么好，让你那么痴迷？"

往往，欣如总是回撑："那海天算什么？也不怎么样。"

互相诋毁彼此的偶像，倒也从未影响两人的友谊。这不，欣如还是陪着她去看海天。

到了目的地，佳敏才发现，今天来参加联谊会的人真多。

佳敏和欣如勉强在一个角落找到了位子，可算是坐下了。

欣如指着几个叽叽喳喳的初中女生对佳敏说："瞧你，怎么沦落得和她们一样。"

佳敏并不辩解，因为她知道，自己的喜欢和别人的喜欢，总有一些不一样的地方。

主持人们开始进场，佳敏看见一个清瘦的男孩在写着海天名字的位子上坐了下来，佳敏的心都提到了嗓子眼。

"矮了点，瘦了点，黑了点。"欣如凑到她耳边，边说边咯咯地笑。

可是佳敏觉得挺好，如果他就是海天的话，那么，他跟自己想象中的样子没多大出入。

佳敏并不喜欢高或胖的男孩，觉得他们多少有些愚笨。

男孩就应该像海天这样，模样身高是其次，但凡身上带点艺术家的气质，就足以让人心仪。

整场联谊会气氛热烈，主持人们相继发言，并和喜欢他们的听友唱歌、做游戏。

轮到海天登台的时候，他在台上很真诚地向大伙表达了内心的感谢，感谢大家长期以来对他节目的支持和帮助。

海天拿出一张贺卡来，他说："这是我所收到的礼物中，最珍贵的一份。"

说着，海天给大家展示起来："大家可以看到，这张贺卡虽小，却用不同的彩笔一共画了九十九颗星星，上面还有一行字：星空下永相伴。我真的希望，这不只是我一个人的心愿，也是在座的每一位听友的心愿！送这张贺卡的听友名字叫佳敏，我很想知道她今天有没有来。佳敏，如果你在的话，我想请你上台来，和我一起唱首歌，好吗？"

欣如尖声叫了起来，拼命地把佳敏往台上推。

在众人的目光中，佳敏浑浑噩噩地向舞台走去。

她真的没想到，自己随意寄的一张贺卡，竟能得到海天如此的重视。

"你就是佳敏？"说话间，海天向她伸出了手。

佳敏有些紧张地点点头。

这是佳敏第一次和男生握手,她感觉到海天的手很大,一下子就暖暖地包住了她的手,脸上的红潮就上来了。

"《在我生命中的每一天》,会不会?"海天笑着问。

"会。"佳敏说。

好在佳敏有不错的歌喉,她和海天的合作博了个满堂彩。

两人唱完后,海天还送给佳敏一份纪念品。

那是一台小小的木壳收音机,暗黄色的木质,看上去很古典,市场上很难见到。佳敏视若珍宝。

那晚,佳敏躺在床上听海天的节目,用的就是那台小小的木壳收音机。

收音机的音效并不是太好,但佳敏不在乎。海天用了很长的时间来说白天的那场联谊会,当然,他也提到了佳敏、佳敏的贺卡,还有和佳敏共唱的那首歌。

佳敏静静地躺在那里,看夏夜的风轻轻地吹起窗幔,满天的星星一动不动地挂在天宇,泪水慢慢地涌出了眼眶。

原来幸福的泪水是如此别样的滋味,佳敏满足地想。

转眼,暑假过去了,佳敏迎来了繁忙的高三。

学校规定开始上晚自习,每天的晚自习都是做密密麻麻的习题,做得你回家的路上腿肚子都打战。

即便偶尔碰上轻松一点的自习课,班主任也会在教室里走过来走过去地检查谁的耳朵里塞着随身听的耳机。于是，佳敏就这么离海天的节目远了，只是不知为什么，有时和别的男生说着话，又或是看到一个模样清瘦的男生远远地从对面走过来，佳敏都会突然地想起海天，想起他的声音和他的手暖暖地握着自己的感觉。

"真是不害臊啊你！"佳敏在心里骂自己。

不过佳敏并不恐慌，这应该就是书上所说的暗恋吧。将对一个人的情感悄悄地埋在心里，也没什么不好。

直到那一次模拟考试。

那一次模拟考试，佳敏失败极了，连一向成绩平平的欣如，总分都比她高出四十来分。

欣如问她："你怎么了？"

佳敏摇摇头，她是真的不知道自己怎么了，那么简单的题目都能做错。

晚饭的时候，妈妈轻描淡写地说："今天我替你收拾房间，你床头上的几本杂志和收音机，我先收起来了。你要是喜欢，等高考完了再给你。"

佳敏急急地说："杂志我不要了，收音机你还我。"

"都什么时候了，还听收音机。"爸爸声音沉沉地说，"我们一向给你自由，可你也不能太放任自己。"

"不是，"佳敏一急，眼泪就快出来了，撒谎道，"那是欣如送我的生日礼物，要是她来了没看见，会说我不珍惜。"

"那你就说我拿了！"妈妈把筷子重重一摔，说，"也不知道你们整天都在想什么！"

那晚，佳敏逃了晚自习，独自一人去了广电大楼。她当然知道，这样的行为，就像个任性的孩子，可她此刻一定要见见海天。

"我是佳敏。"佳敏打电话给海天，她说，"我在你单位楼下，门卫不让进。"

"佳敏？"海天显然有些糊涂。

佳敏迟疑了一下："你是不是对所有的听众都这么健忘？"

"哪里？"海天笑了，"双辫子小姑娘，是吧？你等着，我下来接你。"

没一会儿，海天就下来了。逆着光，佳敏看不清他的脸，但心跳得厉害。佳敏低着头，说："我今晚逃课了，让我做你节目的导播好不好？"

"你会导播吗？"海天饶有兴趣地看着她。

"小学的时候，我是红领巾广播电台的副台长。"

"是吗？"海天的眉毛挑了起来，"那你告诉我为什么，为什么想做今晚的导播？"

"我心情不好,"佳敏说,"我模拟考试考砸了。"

"好吧,"海天想了一下,说,"我答应你。"

一上楼,海天就赶紧打电话给导播,告诉他今晚可以放假。

海天的办公室在十二楼,磨砂的玻璃门上贴着挂牌,上面写着四个大字:都市情缘。

佳敏随海天走了进去,发现墙上挂满了听友送的贺卡和小礼物。佳敏轻易地就发现了自己送的那一张,挂在很显眼的位置。

海天走了过来,指着那张贺卡说:"不用说,你是个很聪明细心的女孩。那你肯定也知道,一次考试失败算不了什么。"

"那你呢?你有没有失败过?"佳敏问。

"当然有。"海天说,"最难忘的,是第一次主持节目,我说错了三句话,念错了两个字,这些就算了,我还结巴了无数次。那天下了节目,出来后,我差点儿没从这楼上跳下去!但,一切苦难都会过去的,小姑娘,记住这点准没错。"

佳敏抬起头,本想说点什么,却突然发现自己离海天很近,近得可以看清他脸上的毛孔,顿时吓得闭上了眼睛。

那晚的导播,佳敏做得不错,能接的电话,不能接的电话,分得清清楚楚,海天隔着玻璃向她竖大拇指。

在导播室里亲眼看海天做节目,是一种从未有过的体验和感觉，远远崇拜着的人一下子变成了熟悉的朋友，佳敏不知有多少人能和自己一样幸运。闲下来时，她也会想起教室里空荡荡的座位和爸爸妈妈忧心忡忡的目光。

"就这一次，"佳敏对自己说，"就放纵这一次。"

那晚的结束语，佳敏没想到海天会这么讲。

海天说："各位听众朋友，今晚，我们的导播是一个正在读高三的女生。她逃了晚自习而来，希望能做今晚的导播，我答应了她的请求。那是因为作为一个过来人，我知道高三的压力有多大。而我这么做，只希望能帮她减减压。不过，在这里，我必须对她的爸爸妈妈，还有老师，说一声对不起。同时，我也希望：女孩儿，从今晚起，忘记过去的失败重新开始，祝你能考上理想的大学。祝各位晚安！"

结束了工作，海天送佳敏回家。

他们在灯火辉煌的路口道别。

佳敏对海天说谢谢，海天笑着说："考个好大学，要不然，再也别来见我啦。"

佳敏点点头，鼓足勇气问道："海天，如果一个还在念书的女孩喜欢上了一个已经工作的男孩，她该怎么办？"

海天看着佳敏，过了一会儿，他问："想考什么学校？"

"不管什么学校，"佳敏回答，"我只想念中文系。"

她清楚地记得，海天曾在节目里说过，他欣赏念中文系的女孩，因为她们的内心丰富多彩。

海天伸手拉了拉佳敏的小辫儿，说："那，等你考上了中文系，我再来回答你的这个问题，好吗？"

说完，海天挥手跟佳敏道别，然后转身大步走掉了。

之后的日子，佳敏念书念得很辛苦，苦到没有时间去想海天。

新年到来的时候，佳敏给海天寄去了一张贺卡，上面只有简简单单的三个字：新年好！

谁知，贺卡寄出去的当天，她也收到了海天寄来的卡片，上面也只有简简单单的三个字：新年好！

和海天的卡片一起来的，还有一场漫天的飞雪。佳敏捧着贺卡站在校园落满白雪的操场上，为这一份默契红了眼眶。

这样的累和苦算什么呢，佳敏想，一切都是值得的啊。

她盼着高考快点到来，盼着自己快快长大，盼着自己不再是一个青青涩涩的女生。

日子就这样在沉重的学业和隐隐的期待中走过。

功夫不负有心人。佳敏考上了北方一所有名的大学，就读中文系。

收到录取通知书的那一天,佳敏拉着欣如满街满巷地去买贺卡。她一心一意地想要寻到一张最最特别的,到时候,她会将它连同录取通知书的复印件,一起亲自交到海天的手里。

夏日的阳光铺天盖地,欣如嚷着渴,拉着佳敏进了麦当劳吃冰激凌。

佳敏满意地看着刚刚买到的贺卡,心里想着和海天见面时的情景。

她应该说点什么呢?

是说,我考上了,谢谢你;还是说,我想再做一次导播。

其实,这些都不重要。

佳敏想,最重要的是,跟他要一个问题的答案。

这么辛苦地念书,好像仅仅就是为了那个答案,不是吗?

就在此时,佳敏突然看见了海天。

在街对面,一家有名的婚纱影楼里,海天和一个女孩结伴走了出来。

那么热的天,女孩娇俏地笑着,两人的手紧紧地握在一起。

佳敏疑心自己看错了,她揉了揉眼,真的是海天。

海天和女生上了摩托车,很快便疾驰而去。而女孩的长发,在风中骄傲地扬起,像广告片里的女主角。

隔着透明的玻璃长窗望着这一切，佳敏觉得自己心里似乎有一个什么东西，砰的一声慢慢地碎裂开来，再然后，化作一摊水，再也无法收拾。

欣如不解地盯着她，问："佳敏，你怎么了？"

"没什么。"佳敏拿起桌上的贺卡，说，"送给你吧，我突然不喜欢了。"

"你该不是前阵子念书念傻了吧？"欣如接过贺卡，看了两眼后，不解地说，"刚才还喜欢得跟什么似的，怎么说变就变呢。"

佳敏不予回答，而是勉强挤出了一个笑容。

去大学报到的前一天晚上，妈妈一边替佳敏收拾行李一边眼泪汪汪地说："这么小就一个人在外面，让我怎么放心。"

"你放心吧，妈。"佳敏说，"我已经长大了。"

妈妈把一包东西递给她："你的宝贝，要不要带走？"

佳敏打开一看，竟是那台小小的木壳收音机和几本曾经钟爱的杂志。

"不用了。"佳敏把它们一起扔进抽屉里，"以前喜欢，早就不稀罕了。"

可是，等妈妈出去后，佳敏还是忍不住把收音机拿了出来。一打开，正是海天的节目时间。

一个女孩正在问他："海天，你会不会喜欢上一个女孩，并和她恋爱结婚呢？"

"当然会。"海天回道，"我也是一个普通人。我也有我的爱情故事，我的女朋友很可爱，我很爱她，正准备和她结婚。"

佳敏想了想，拿起电话就拨了电台的热线。

她想，她还是应该和海天告个别。

海天从没有什么错，错的是自己。

也许，在海天的心中，自始至终，她都只是一个需要帮助的听众而已。而他，有那么那么多的听众。

电台的热线很忙，佳敏一直打不进去。佳敏想了想，还是算了吧，明天就要去一座崭新而又陌生的城市。欣如不是说过吗，那里的广播节目办得可好了，你这个广播迷有福了，你会发现，比海天好的主持人多得是。

也许，欣如说得没错。

佳敏放下电话，也是在这一刻，她终于明白：青春时代，真的不能轻言谈爱，拼尽全身的力气，爱上和忘记，原来都是那么简单的一件事。

只是，很偶然的一天，电视上播放着一首叫《酒干倘卖无》的老歌。

那个叫苏芮的歌手把头用力地往后仰着,唱出了一句歌词:

"……从来不需要想起,永远也不会忘记……"

忽然,佳敏就有了想哭的冲动。

SECRET

LOVE

星晴

美好而不可言说，如星光一样遥远
却温暖无比的——初恋

The Youth Growth Series

ONE

星晴是个寂寞的女孩，寂寞且忧郁。

其实星晴小时候并不是这样的。小时候的星晴能歌善舞，喜欢穿着花裙子在大院里狂奔，咯咯的笑声能冲破云霄。

因此，妈妈总是担心地说："都说女大十八变，我看根本是女大十八怪。不然，我们家晴晴怎么会变成这个样子？"

星晴也不知道自己怎么会变成这个样子。特别是上了高中以后，心总像被一层灰灰的云蒙着，说不出的别扭。星晴和这所学校所有的同学一样，都是经过初中三年的埋头苦读才挤进这所重点高中的校门。作为这里的学生，大家都抬头挺胸一副骄傲的样子，只有星晴找不到这种感觉。

也就是在这个时候，星晴知道了于凯。

于凯读高三，身高近一米八，是全市有名的校园歌手。星晴第一次听于凯唱歌是在校艺术节上，于凯唱的歌竟和星晴的名字一模一样，叫《星晴》，歌词也很有意思：

手牵手 一步两步三步四步 望着天
看星星 一颗两颗三颗四颗 连成线
背对背 默默许下心愿
看远方的星 如果听得见
它一定实现
…………

坐在星晴身旁的同学哄笑起来："哈哈，这是专门唱给星晴的歌啊！"

星晴红了脸、低了眼，但歌声却深深进入她的心里。

年轻人的喜欢实在是简单。

星晴被于凯的歌声震撼，就这样迷恋上他。从此在校园里，心里盼望，眼睛张望，哪怕于凯远远地出现在视野里，星晴的心中就涌出绵绵长长的慌乱的甜蜜。

十六岁的星晴独自承载着这份甜蜜，在沉重的学业之外，她开始觉得自己比别人多了点什么。晚上学习累了就听周杰伦的唱片，听得最多的便是那首《星晴》。

也不知道是不是先入为主的缘故，怎么听，还是觉得于凯唱得要更好一些。

当然，这是秘密，对谁也不可以讲。

而星晴甚至都不想去认识于凯。

如果，如果不是发生了那一件事。

TWO

有天放学后,校门不远处围了一堆人。星晴一向不喜欢看热闹,正打算绕道走开,突然听到有人提到于凯的名字,于是星晴不自觉停下了脚步。只见于凯被推倒在地,五六个小伙子正围着他拳打脚踢,嘴里还骂骂咧咧的,而周围一众同学竟无一人敢上去帮忙劝说解围。

一股热血直冲星晴的脑门,她想也没想就冲向了那群人。

"不许打!不许打!不许打!"星晴一边尖叫着,一边找准方向用尽全身力气挥起书包砸向其中的一个小伙子。

大家一下子被这个疯狂的小姑娘震住了。

"不许打!"星晴继续尖叫着,"我已经打了110,谁敢再动一下试试!"

"唬我?!"被打的小伙突然回过神来,恶狠狠地说,"连她一起揍!"

还好，闻讯赶来的老师制止了事态的发展。

星晴拎着沉重的书包站在夕阳里，身后是高高的于凯，他说："谢谢！"

多么近的距离啊，星晴甚至可以听见于凯的呼吸声，然后，她的双肩轻轻地抖动起来。

老师指指于凯，又指了一下星晴，说："你，还有你，跟我来！"

"见义勇为？"老师狐疑地看着星晴，目睹了这一切的人也狐疑地看着星晴。终于，星晴没有忍住，眼泪流了下来。

事后，学校查明，这事的确与星晴无关。找于凯麻烦的，是一帮社会上的小痞子，理由是于凯抢走了其中某人的女朋友，那女孩是某所职业学校的"校花"，于凯曾和她合作演出过。

于凯的故事本来就多，大家不足为奇。只是，星晴也连带着一起成了议论的焦点。大家都不能理解，一个瘦弱纤柔的女孩，和于凯又不认识，何至于那么拼命。

倒是班主任在班级里表扬了星晴。班主任是个刚毕业就职的大学生，他说要跟学校打申请为星晴争取奖励，也好让那天袖手旁观的人脸红。班主任激动地说："学校的治安，要大家一起来维护才是！大伙儿一条心，看谁还敢到我们的地盘上来撒野！"

同学们都被这番话逗得笑了起来，只有星晴没笑。她埋着头，心里闪过阵阵羞愧的恐惧。羞的是，自己并没有老师说得那么伟大；怕的是，有人由此窥见她的心事。

三天后，于凯在放学的路上拦住了星晴。

和星晴比起来，于凯的个子实在是有些高。高高的一个人立在她面前，星晴忍不住想仔细地看看，最终还是低下了头。

"说真的，我从没见过像你这么勇敢的女生。"于凯认真地说，"我该怎么谢你呢？"

星晴不作声。

于凯有些着急地说："你怎么不说话呀，你怎么跟那些高一的女生不一样？"

"为什么要一样？"星晴抬起头来看向于凯，"我是我。"

也不知为什么，这下星晴又敢正视于凯了。她发现，于凯的眉毛长得真好看，是歌手的眉毛。

于凯笑了，拍拍星晴的肩，说："不管怎么样，我一定要好好跟你说声谢谢。"

"不用了。"星晴淡淡地说，"又不单单是为了你。"说完，星晴绕过于凯就往前大步走去。

被于凯拍过的肩热热的，有点往下塌，好像路都不会走了的样子。

星晴有一种感觉，于凯没有走，他的目光正暖暖地跟随着她。她告诫自己，不要回头，在特别的于凯的心里，她愿做一个特别的女孩子。

"跟那些高一的女生不一样"，星晴喜欢极了这句评价。

故事当然没有结束。

THREE

　　那一阵子，班里谈恋爱的同学开始显山露水，高一（2）班迅速成为全校有史以来的第一个异类班级。

　　年轻的班主任也有所耳闻，但也只在班会上无可奈何地说了一句话："我该拿你们怎么办呢？"

　　星晴真有些可怜班主任，他在校长那里肯定没少挨批，重点学校啊，怎么能允许早恋。

　　真不知道那些同学心里是怎么想的，这个年纪，即便喜欢一个人，也应该是放在心里，不曾言表却沉溺其中，这才是最美的，不是吗？

　　星晴没想到班主任会找自己谈话，班主任说："我要找班里的每个同学都谈一谈，也怪我，以前忽视了和你们的思想交流，所以有些地方很失败。"

　　"其实你挺好。"星晴安慰他。

老师的眼睛亮了一下:"我一直觉得,你是一个内心丰富、很有思想的女孩子,只是太内向了一点,如果你能试着把自己融入集体,对你的学习和成长都会更有好处。"

星晴不想让老师伤心,回道:"我试试。"

老师宽慰地笑了,他说:"要是我的班主任不被撤掉,我还是很有信心让咱们班成为全校最好的班的。"

当初冬的第一场雪飘落,新年的钟声也很快要响起时,于凯在校园里找到星晴,递给她一张淡绿色的门票,说:"我们组织的新年音乐会,欢迎你来参加。"

细碎的飞雪中,星晴看着于凯走远,将票小心翼翼地放进书包里,心中腾起一股强烈的被人惦记着的幸福。

可再一想,新年一过,高考就不远了,高考过后,就再也无法在校园里看到那个高大熟悉的身影,星晴的心里又漫过无边无际的忧伤。

或许,在这个新年期间,应该向于凯透露些什么,那些少女时代里最真最美的情愫,总该有人知晓、有人喝彩才对。

可是,如果这样的话,自己不也和那些肤浅的女生一样了吗?

星晴真不知该怎么办才好。

总的说来,那是一场很成功的新年音乐会。

音乐会设在一家有名的歌舞厅，各个中学和大学都有学生来，带着自己的乐队和节目，欢笑声、歌舞声震耳欲聋。

星晴坐在角落里，感觉青春的气息像翅膀一样不断地拍打着自己，儿时的感觉竟慢慢地复苏，她很想加入其中，大唱大跳一番。

于凯坐到她身边，说："很高兴你能来。"

星晴笑笑，说："为什么不来？"

于凯说："每一次看到你都是一个人，也很少见你笑，好像总有很多心事。其实，不管过去发生过什么，新的一年到了，就让它过去好了。"

"真的没什么。"星晴辩解，"我也不知道为什么。"

"难不成，是青春期忧郁症？"于凯打趣道，"多参加点集体活动吧，对你有好处的。"他的话和班主任如出一辙。

"谢谢你。"星晴想了想，很认真地回道。

于凯摆摆手："该我说谢谢才对，我到现在还记得你那天挺身而出的样子，不管是为了什么，我都万分感激。要知道，欠女孩子的感觉总是不太好。"

"你可别这么想。"星晴不想旧事重提，慌忙说，"要不，你给我唱首歌吧，就当还我人情。以后都不要再提了，可不可以？"

"可以。"于凯爽快地答应了。

很快,就轮到于凯唱歌了。

于凯走上舞台,在话筒前面站定,眼睛望向星晴,说:"这首《星晴》,我要把它送给一个叫星晴的女生,也送给在座的各位同学。新年到了,我们都要把握青春,好好努力加油干!"

说完,歌声悠然响起。

....

乘着风 游荡在蓝天边

一片云掉落在我面前

捏成你的形状

随风跟着我

一口一口 吃掉忧愁

载着你 仿佛载着阳光

不管到哪里 都是晴天

蝴蝶自在飞 花也布满天

一朵一朵 因你而香

试图让夕阳飞翔

带领你我环绕大自然

迎着风 开始共度每一天

手牵手 一步两步三步四步 望着天

看星星 一颗两颗三颗四颗 连成线

背对背 默默许下心愿

看远方的星 是否听得见

…………

歌声中，于凯的目光与自己偶然相遇，星晴执意相信，这首歌是于凯为自己所唱，不自觉间，眼睛里慢慢地储满了泪水。

她摸了摸书包里那本浅蓝色的日记，那是她为于凯准备的新年礼物。

一个少女优雅而细腻的满腹心事，都只因于凯而风起云涌，难道不该由于凯来收藏？

活动结束，天色已晚，于凯坚持要送星晴回家，星晴摇摇头拒绝了。

于凯想了想，说："那你注意安全。像你这样的好学生，的确是该离我远一点。"

"我不是那个意思。"星晴急忙摇头。

"跟你开玩笑呢，你还当真了？"于凯向星晴告别，"新年快乐。"于凯把"快乐"俩字说得很重，仿佛怕星晴听不见。

"新年快乐。"星晴也把"快乐"俩字说得很重。接着，两人都哈哈笑起来，然后都沉默下来。

星晴抬起头来，很认真很大胆地看了于凯一眼，像是要记住些什么。转身的时候，星晴庆幸自己什么也没做，什么也没说。

FOUR

之后就是春天。

星晴在春天到来时惊异于自己的变化，仿佛褪去了一件又一件沉重的外衣，有些不可思议的轻松。

昔日里呆板的校园也渐渐在眼中呈现出活泼的美意。

春季运动会的时候，班主任动员大家："大家都报点项目啊！我们高一（2）班总要给别人一点颜色看看吧！"

大家你看看我，我看看你，却没有人起身，反而是星晴第一个站了起来，她说："我报 800 米。"

大家都不可置信地看着星晴，接着，都开始报起名来，有点争先恐后的意思。

下课后，班主任在走廊里遇到星晴，向她竖起大拇指，还偷偷地一笑，像个孩子。星晴也笑，心情明朗得像春日的天空。

星晴最后一次见到于凯，是在毕业班参加的最后一次晨会。

散场时，拥挤的人群中，于凯的笑容从眼前一闪而过，有一些亲切但短暂的心痛。后来，星晴听说于凯考上了他理想的艺术院校，以后肯定是要当歌手出专辑的。

想着于凯离他的梦想又近了一步，星晴为他高兴，本想寄一张贺卡以示祝贺，但是发现竟没有于凯的地址，只好作罢。

考上大学的于凯一去便无消息，星晴升入高二，一跃成为全班数一数二的优等生。

那本淡蓝色的日记沉入箱底，曾经在心里翻江倒海的初恋慢慢平息。

大家都说，星晴说变就变，简直是奇迹。

只有星晴知道，是守口如瓶的秘密为青春平添了无数的流光溢彩。

而后来，每当再听到周杰伦的歌声，每当满天星星亮起的时候，星晴总是会想起凯。

那美好而不可言说，如星光一样遥远，却温暖无比的初恋。

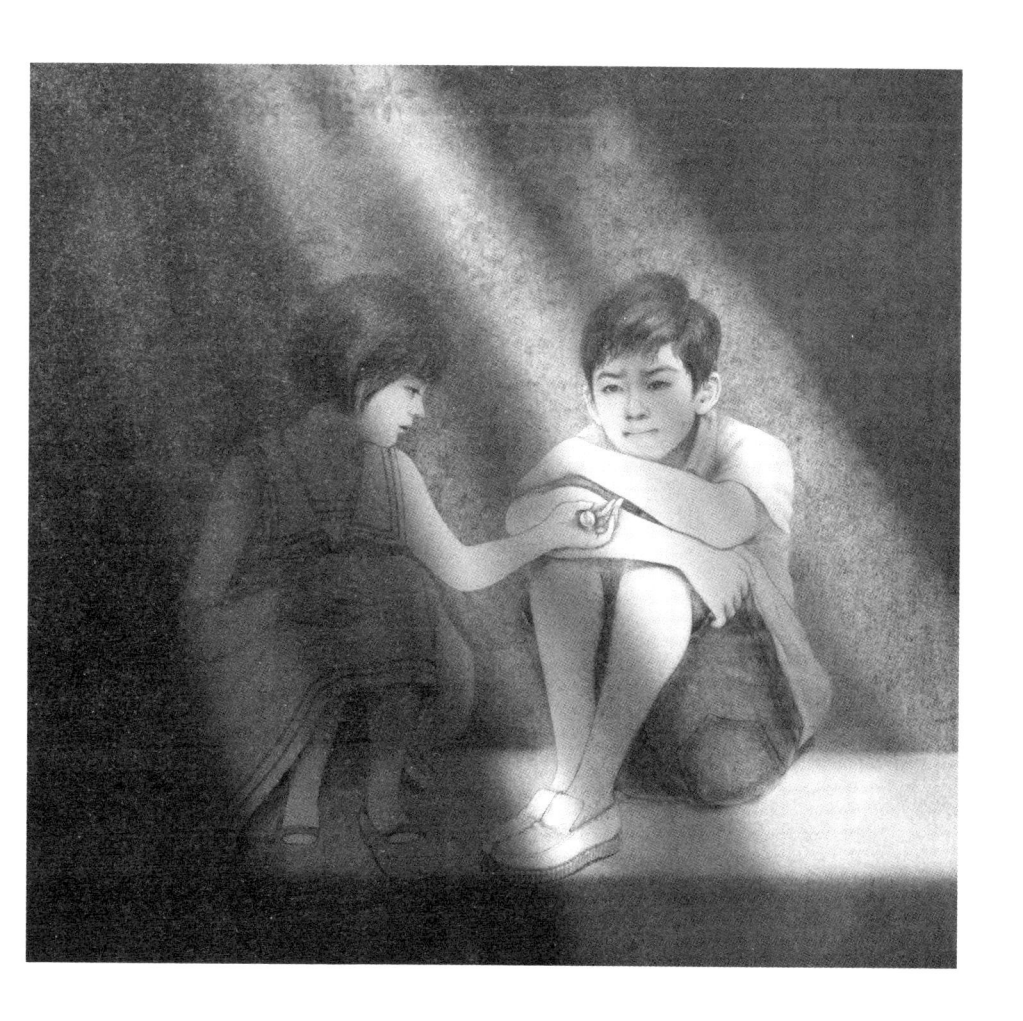

UNREAL
AND

从这天起，成为一个真正的大人
心灵独立，不再被回忆所击倒

BEAUTIFUL

消失的城堡

The Youth Growth Series

ONE

我的妈妈是老师。

灰子、小朋、阿彬和小 D，都曾是她特别得意的学生。

1998 届的高中班，也是妈妈最得意的班级，因为这个班里有灰子、小朋、阿彬和小 D。

妈妈总是拿他们来给我树立榜样，我往往都会吐吐舌头，告诉妈妈，灰子很呆，阿彬很傻，小 D 很脏，小朋呢……嗯……

幸好妈妈总是没听完我的话，就转身去看书了。

小朋和他们不一样，他既不呆，也不傻，更不脏，我最喜欢的就是小朋——他最聪明、最细心，也最有趣，又干净，不像小 D，指甲缝里都是脏灰！

从十岁到十二岁——我记得每个生日会的很多细节。

最难忘的是十岁的生日。

说好生日会定在晚上，但吃过午饭，阿彬和小 D 就跑来了。

他们骑单车，我坐在阿彬的车后，他们带我去好利来订蛋糕，我挑了个有熊猫和巧克力栅栏图案的大蛋糕，然后我看到玻璃柜台里诱人的冰粥——好看的纸碗里，堆着透明的冰沙。头戴蛋糕帽的好利来姐姐，从冰柜里各取一点菠萝丁、西瓜丁、木瓜丁、桑葚、绿豆、红豆，堆放在冰沙上面，然后五颜六色的冰粥就制成了，它看起来甜蜜、透明、冰凉。

我伸出舌头舔着冰粥里的桑葚，一边问他们，小朋和灰子怎么不来和我们一起吃冰粥。如果小朋在，一定是他付钱，而且他绝不会和其他人计较。

"他们一会儿就来。"阿彬告诉我。

我一边甩着腿，一边用塑料小勺无聊地挖起一块冰沙，这时，耳旁响起一个熟悉的声音："宝儿今天好漂亮！"我兴奋地抬头，急切地问："小朋，你跑到哪里去了呀？"

小D刚才说，小朋看上了隔壁班的女孩，刚才是去追女孩了。我听得有点发呆，阿彬打小D，叫他别乱说，荼毒小孩子纯洁的心灵。

我则用塑料小勺挖着纸碗里的冰沙，眼前渐渐有雾出现……

那时，我只是伤心，在小朋的心里，怎么会有其他的女孩比我过生日还要重要。

小朋看着我笑，笑容渗透进了我的心里。

"来，小朋哥哥带你去一个好地方！"小朋拉起我的小手，他的手又大又温暖，我心里的委屈也一扫而光了。

他们四个人都骑着单车，为了让"寿星"坐自己的车，争了起来。我倚靠在小朋的怀里，看着小 D、阿彬和灰子斗嘴。小朋不参与，他摸摸我的头发，俯下身来，悄声对我说："宝儿，我们闪！"于是，我爬上小朋的车后座，他载着我飞驰而去。

十岁生日那天，我真的找到了做公主的感觉，因为小朋为我装饰了一张彩色的床。

小朋载我回到家后，我看到爸爸和妈妈眼里都闪烁着神秘的光，这是不多见的。小朋说："宝儿你把眼睛闭上，我带你去一个神奇的地方。"我闭上眼睛，任由小朋拉着我的手一直向前走，然后右转弯，然后左转弯，然后又转弯，然后……我转昏了头，却觉得很有趣，咯咯地疯笑起来。

小朋终于说："可以睁眼睛了。"

我睁开眼睛，看到我的小床，枕头上摆着一只很大的泰迪熊，是新的，散发出新鲜的气息，那时的我喜欢一切新的东西。

我扑到泰迪熊身上，抱着它在床上打滚，然后仰着头，我愣了——只见小床的上方，缀着一条又一条彩色的皱纹纸彩条，五彩缤纷、美不胜收！

我再次翻身趴在床上，笑得喘不过气来……

TWO

十一岁那年的生日过得最为悲惨和可笑。

依然是对着生日蜡烛许愿,然后吃蛋糕、喝冰可乐,痴痴地乱笑。记得烛光下,有好几张女同学的面孔,她们十分热心地参加我的生日会,而且在生日会上疯癫不已,现在想来,是有小朋、灰子、阿彬和小 D 的缘故。那天爸爸和妈妈都没到场,他们在给毕业班补课,我的生日正好是高考的前一个月。

就在那天晚上,我来了初潮,但我却浑然不觉。当我起身去开冰箱门拿冰可乐的时候,细心的小朋看到了我被"污染"的裙子,他走上前来小声对我说:"宝儿,快去换裙子,你的裙子脏了。"

进了房间,我顺着小朋的目光扭头一看,裙子后面一片血渍,我不禁吓了一大跳。片刻之后,我就明白自己身上发生了什么。

我不由得看了小朋一眼,他的脸红红的。

"嗯……宝儿……你……需不需要……那个……"小朋吞吞吐吐地问我。

"要。"我低下头,不敢再看他一眼,很小声地说。

"那我现在就去买,你先换衣服。"小朋说完就跑了出去,并小心地带上了门。

我还没从震惊中缓过神来,只是坐在椅子上,听着客厅里传来的一阵阵喧哗声,兀自发呆。

小朋很快就回来了,他轻轻敲开我的门,从门外递过来一个深色的方便袋。我刚接过袋子,他就一缩手,门又被他带上了,咣的一声,重重地砸在我的心上。

我对着镜子,看到自己的眼睛红红的,我就这样长大了,可是为什么,竟有一股从未有过的孤独感涌了上来?

THREE

十二岁生日的前一天,妈妈给了我五十块钱,说:"乖,去找同学玩吧。"

小朋他们就要高考了,妈妈教他们班语文课,爸爸教他们班的数学。校长说,这个班是高中部有史以来最具实力的文科班,妈妈因此更加觉得压力大。

我和同学去了麦当劳,我们吃着炸薯条和苹果派,很八卦地把同学和老师编派来编派去,没有生日蛋糕,也没有小朋、灰子、阿彬和小 D。

兔子神情诡异地告诉我,她星期天看到小朋和女生手拉手在逛"纪念日"。她说小朋的女朋友长相和气质都绝对是一流。

我面无表情。

小朋的绯闻,我早已有所耳闻。妈妈曾把小朋叫到家中训斥，禁止他高考之前谈恋爱。小朋辩解说他们并没有谈恋爱，当时我正从厨房走出来，看都懒得看他一眼，径直走进我自己的房间，咣的一声带上门。

十一岁生日的那天晚上，就是这个声音，它成了我和小朋关系的一道分水岭——从那天开始，我和小朋之间变得客气而冷漠。

回到家，我倒头便睡，第二天被闹铃叫醒，一眼就看到桌上摆着一块玉制的巨蟹挂件。我欣喜地把它握在手心里，冰凉的触感，令我想到两年前好利来冰晶透亮的冰粥，还有，一路上洒下的欢笑……

奇怪的是，妈妈怎么知道我是巨蟹座？

中午匆匆见到妈妈一面，她看到我挂在胸前的那块玉，才猛然想起来似的，说：「这是小朋送你的生日礼物。」

"啊？我还以为是妈妈买的呢。"

我大感意外。

"妈妈哪会买这种古怪的礼物？一只螃蟹，喊——"我妈微笑着说。

那天晚上，月光如水，我坐在窗边，看着月光下摇晃的树影，想了很多很多往事……然后眼泪又流了下来。

"巨蟹"静静地在桌子上看着我哭。

我是敏感又多情的巨蟹座。

但我一直到现在还坚信——当时我并没有萌发爱情细胞，我只是不喜欢小朋突然就变得和我不亲密。我喜欢和他亲密地在一起玩耍和相处。

可是我终究会哭泣，因为没有任何一种关系能够恒久不变，没有一个人永远永远属于你……

FOUR

小朋上大学前,带着女朋友来我家。

她果然美丽,并且可人。

他们一同考上了复旦大学,小朋读国际关系专业,她读生物工程专业。他们和爸爸妈妈一起聊天,我安静地坐在一旁,间或给他们倒水。

她说家中有美国的亲戚,等她和小朋考过托福就一起出国。

小朋突然看着我,对妈妈说:"宝儿性格变了不少。"

我猝不及防,没想到话题一下子指向我。

妈妈拍着手说:"宝儿这两年见风就长。还记得三年前吗?她个子才一米三几,整天依偎在你怀中,你给她搭个彩条的床,就把她乐成那样……"

"喀喀——"

爸爸在一旁咳嗽，打断了妈妈的话题。

这的确是个不合时宜的话题，我看到每个人都不自在了，包括小朋的女朋友。她其实才是这当中的陌生人，我们的过去，没有她的影子。

为什么会变成这样？

这一年的寒假，灰子、阿彬和小D一起来我家，我妈高兴得不得了。我刚剪了很短的头发，像个男生，叉着腿坐在凳子上，哈哈地大笑，大声地喧哗。

妈妈说："只可惜还缺一个小朋。"

"他呀，忙着陪女朋友，哪会记得我们！"阿彬愤愤不平地说。

我闭上了嘴巴，耳朵却慢慢地竖起来。

"紧张呢！万一回来了，女朋友在学校被别人抢了，他出国靠谁呢？"灰子竟用不屑的口气说着小朋。

"啊？这是怎么说的？"妈妈紧张起来。

我也瞪大了眼睛看着阿彬。

阿彬说："小朋追她，完全是因为她的家庭。她家不但有亲戚在美国，而且她爷爷和外交部的一个要员关系很好。小朋不是一直想当外交官嘛！"

"哎，什么乱七八糟的，别乱说。"妈妈皱皱眉说。

"阿彬没乱说,都是真的。"小D说,"小朋现在特没骨气。"

他们走以后,妈妈对爸爸说:"他们或许是嫉妒小朋,才那样说他的吧。"

爸爸摇着脑袋,叹口气,说:"现在的孩子,不知道脑袋里装了些什么东西。"

我上高二那年,听说小朋如愿去了美国。

再后来,妈妈又送走一届毕业生,我也考上本地的一所大学,读新闻系。我住不习惯很多人的寝室,每天都回家,感觉还跟读高中时差不多,只是比高中时清闲自由很多。

FIVE

　　十八岁这天，我只想一个人独自度过，慢慢地走过这座城市的一条又一条街道。在这里生活了整整十八年，居然有如此多的地方都未去过。

　　路过"纪念日"，我不由得走了进去，看见玻璃柜台里摆着星座玉石。找了半天，才找到巨蟹，但和我脖子上挂的不一样，从颜色到造型都有所不同。

　　不知为何，我松了一口气。

　　快要出店门的时候，才注意到店里的背景音乐很好听，那是蔡依林的新歌。

　　记忆飞走了

　　之后被谁给捡到

　　爱的惊叹号

我要孤单地思考

很久以前

我们很好 是的 那时真好

我再也不需要

消失的城堡

爱情是一个童话 加上问号

当我打破了

心里的回忆冰雕

碎了一地的梦 哪里找

…………

梦找不到，我和他的城堡，已经彻底消失。

我叹了口气，告诉自己：从这天起，成为一个真正的大人，心灵独立，不再被回忆击倒。

回到家里，已是黄昏，家中依然无人。掏出钥匙打开门，我慢慢地换了鞋，走过客厅时，多年前的笑声和喧哗声依稀在很遥远的地方响起来，如梦如烟……我对着那个曾经热闹过的空间微笑着，走进自己的房间。

关上门，仿佛把喧哗声堵在了外面。靠着门，闭上眼睛，小朋手足无措地站在我面前，而我的白裙后面，染了一大块血渍……

我睁开眼睛，笑了起来。

当年孤独和寂寞的感觉，至今还体味犹深。

那其实是一个十一岁的孩子内心隐藏的恐惧感，害怕失去关爱和亲密的友谊。

我的书桌上有封快递，上面写满了英文——它来自美国芝加哥。手忙脚乱地拆封后，从里面掏出一张黄底带紫色横条的信纸，还有一个小而精致的纸包，纸包上有紫罗兰的图案及日文。

打开纸包，里面掉出一枚纯银的戒指，戴在左手食指上，正好。

信纸上，写了几行字——

宝儿：

你每年的生日，我都惦记着。

面对你的长大，我曾手足无措，无奈的是，我们留不住时光，你终究会长成一个大人。

这是我的遗憾，也是你的幸运。

这枚戒指是我去日本时专为你挑选的。

听说在十八岁生日这天，戴上纯银的戒指，会幸福一辈子。希望我的宝儿妹妹能得到一辈子的幸福！

你不再纯真的哥哥：小朋
2004年6月6日

我走到窗前，看着窗外的天光，西边燃起大片艳丽壮观的火烧云。

我拿着数码相机，拍下了这虚幻而又美丽的风景。

A GIRL

LIKE

—— 不管你有多么不开心
　　日子总还是要继续

ME

看我七十二变

The Youth Growth Series

ONE

在"粉无聊"的男生们进行的一场"粉无聊"的评比中,我曾经"粉惨粉惨"地荣获过一个前无古人、后无来者的奖项——"白开水荣誉大奖"。

是同桌苏波把这个消息告诉我的。

当时,我看着他手里那张皱巴巴的纸,轻轻地哼了一声算作回应。

苏波同情地看着我,然后郑重其事地说:"李琳,洗心革面的时候到啦。"

我低着头做那张看起来乱七八糟的地理试卷,闷闷地想:"白开水不好吗?白开水才解渴呢。"

"知道白开水是什么意思吗?"苏波笑嘻嘻地说,"就是没有味道!女生不漂亮不要紧,不可爱也不要紧,不活泼不要紧,疯疯癫癫的也不要紧,最怕最怕的,就是什么特点也没有，像杯白开水喽！"

白开水就白开水，我把试卷竖起来挡住自己的脸，拒绝再和苏波说话。

可是苏波老来烦我这杯白开水。

和他同桌真是天下最悲哀的事。他总是忘记带课本，语文课的时候抽出来的是英语书，英语课的时候抽出来的是数学练习册，所以很多时候我都不得不把课本放在课桌中央与他"共享"。一堂课下来，扭得脖子都疼，没得斜眼算是命好了。

这就罢了，最可恶的是他有个怎么也改不掉的坏习惯，一上课就拼命地抖膝盖，抖啊抖的，抖个不歇，让旁边的我总是感觉自己坐在公共汽车上，或者疑心发生了地震什么的。

我忍了他差不多整整一年，上帝保佑，我终于换了同桌！

不过，我想，比我更加感谢上帝的，应该是苏波，因为他居然和"最具魅力奖"的得主童话坐到了一起。

TWO

童话的确是我们班最漂亮的女生,她不仅漂亮,而且成绩好,是我们班,甚至别的班很多男生暗恋的对象。

她到食堂打饭不用排队,总是有人替她占据最有利的位置,还有男生天天拿着望远镜到楼顶上苦候,只为看她从操场上远远走过来。

用罗宁宁的话来说:"苏波呀,走了桃花运!"

罗宁宁是我的新同桌,我看他嫉妒苏波已经到了恨不得一刀砍了他的地步。

他并不像苏波那么糊涂,不会忘记带任何的课本,上课的时候也绝对不会有事没事地抖腿。

可是不知道为什么,我竟会觉得不习惯。

罗宁宁的嫉妒也不是没有道理的。

苏波很快就和童话混得很熟。下课的时候,常常能听到童话银铃般的笑声从后面传来。有一次，我还看见童话伸出手去打苏波，那样子挺亲昵的。要知道，童话以前在我们眼里可是那种笑不露齿、文文静静的乖女生呢。

看着她和苏波打打闹闹的样子，我挺自卑，也挺替苏波感到委屈的，他竟然和我这样无趣的女生同桌了近一年的时间，真不知道他是怎么忍过来的。

这种自卑让我变得更加少言寡语。

有一天回家，我听见妈妈对爸爸说："小琳让我担心呢，我觉得她有自闭的倾向。"

"胡说！"爸爸说她，"婚还是要离的，你不要找这样那样的借口。"

"你以为我怕离婚？"妈妈尖声说，"要不是为了小琳，我会忍你这么久？"

"那就别忍了。"爸爸说，"你犯不着为我受委屈。"

一声巨响，大概是妈妈又砸了烟灰缸。

我那时在卫生间，他们不知道我回来了。我在卫生间里流了很久的泪，趁他们不注意的时候溜回了我的房间。

我的妈妈是心理医生，她说对了，我是自闭，但我清楚，她治不好我的病，就像她挽救不了自己的婚姻。

我用纸巾将脸上的眼泪一点一点地擦去，我不喜欢流泪，流泪只会让我平凡的脸变得更加难看。

况且,不管你有多么不开心,日子总还是要继续。

我早就明白。

THREE

罗宁宁憋不住了,他终于开始跟我说话,他说:"李琳,你干吗总是一声不吭呢?要不是和你同桌,我都不记得班上有你这个人。"

我淡淡地笑了一下,想必当初他也是投过我这杯白开水一票的吧。

"你笑起来挺好看的,"罗宁宁说,"你应该多笑笑。"

我却不笑了,我不喜欢男生这样和我说话,多少有些暧昧的感觉在里面。我是那么中规中矩的女生,讨厌那些乱七八糟的花样。

罗宁宁不甘心,继续说:"李琳,给你猜个谜语怎么样?孙悟空的妈妈、姑妈和姨妈比赛唱卡拉OK,打一人名!"

我说:"你别瞎扯,孙悟空是石头里蹦出来的,哪有妈妈、姑妈什么的?"

"你这人！怎么一点幽默感也没有！"罗宁宁气呼呼地说，"那我还说孙悟空是吴承恩创造出来的神话人物，这世上压根就没有孙悟空呢！"

"也可以这么说啊。"我说。

罗宁宁身子一歪，差点没跌到座位下面。

好半天，他终于恢复精气神，叹了口气问我："那你到底想不想知道谜底啊？"

"说说看吧。"

"哈哈哈哈哈哈……"罗宁宁还没有公布答案，就自己笑得前仰后合。我一头雾水，真不知道他笑得那么夸张到底是为了什么。

也许，我真的是一个毫无幽默细胞的人吧，我想。

偏偏罗宁宁是个很拧的人，第二天继续逗我笑。刚下第一堂课，他就说："李琳，我再给你讲个笑话吧，这回你非笑不可。"

"嗯。"我一边收拾书包一边答他。

他咳嗽一声说："昨天我买了一串鞭炮，被我堂哥看见了，我不让他点，他却说'我非点，我非点'，结果被警察给抓走了，你说冤不冤？"

说完，他期待地看着我。

我说:"你看着我干啥?"

"你怎么不笑?"他问。

"因为我觉得不好笑。"我说,"这不是一个值得开心的话题。"

"好吧,好吧,看来我非要使出撒手锏不可了!"罗宁宁叹了口气问我,"你知道猪的理想是什么吗?"

"吃了睡,睡了吃。"这回我答得挺快。

"不幽默。"他说,"我来告诉你吧,四周篱笆全撤掉,天上往下掉饲料。"

这还有点意思,我扯了一下嘴角,算是给罗宁宁发了个安慰奖。

罗宁宁说:"好玩吧。不过今天这头猪什么也不想,正乐着呢,你知道它正在干什么?"

我看着他。

罗宁宁飞快地说:"它正在听我讲笑话呢!哈哈哈哈哈!!"

"无聊!"我骂完他,忽然觉得很难过,于是趴在桌上哭了起来。

没过一会儿,我听到苏波过来了,他问罗宁宁:"你干吗要欺负李琳?"

"替你老相好出气啊?"罗宁宁笑着说,"我不知道她这么爱哭呢。讲笑话给她听，她不仅不笑还哭，你说气人不气人？"

"你跟她道歉。"苏波说。

"你发神经啊。"罗宁宁说，"道歉两个字我不会写哩。"

"那么我来教你写！"我听到咚的一声巨响，等我抬起头的时候，罗宁宁已经从地上爬了起来，和苏波扭打在一块。他们打了很久，班上好几个人来劝都劝不开，一直到第二堂课上课，数学老师走进教室才停了下来。

罗宁宁和苏波都挂了彩，他们被请进了办公室。

FOUR

关于"苏波喜欢喝白开水"的流言,就是从那一天开始的。

也是从那一天起,童话不再咯咯地笑了,后来她提出要换同桌,老师问她为什么,她大声地说:"苏波的腿上课老是抖来抖去的,我没办法专心学习。"

全班同学笑得跟什么似的。

说实话,我真不明白,苏波为什么要为了我跟罗宁宁打架。他被老师调到了最后一排,一个人坐。我觉得很对不起他,一直想跟他说声抱歉,可是一直没有机会。

好在他是那种天生乐观的人,一个人坐在最后一排好像也挺乐呵的,有时下课的时候还高声唱几句歌呢。我只是担心,他记性那么不好,要是又忘记带书了,该怎么办呢?

这样的担心并没有持续多久,因为没过几天,教室最后一排的那个座位就空了。

老师告诉我们，苏波转学了。至于转到了哪里，为什么转，老师一概没讲。

我欠他一声谢谢。

我真恨我自己，其实走到教室后面说声谢谢是很容易的，可是我不知道，为什么我始终做不到。

我在深夜里怀念苏波，日记写了撕，撕了又写。我并不指望他会记得我，一个白开水一样的女生，能够在他生命里留下什么样的印记呢？

没想到的是，一周后，我收到了苏波寄来的快递，是一个小小的包裹，里面有一张 CD，还有一封信。

李琳：

你好！

因为家里出了点事，我不得不转学。

这是我才买的 CD《看我七十二变》，送给你，希望你会喜欢。

人生有很多的不如意，我不知道你为什么总是不快乐，但我希望我们再见的时候，会看到你的笑容。

谢谢你对我的帮助，我一直都记得。

你是我们班最善良的女生。

告诉你一个秘密，那次投票，我可是把"最具魅力奖"投给了你。

骗你是小狗。

苏波

我把 CD 放进随身听，听蔡依林唱：

梦里面 空气开始冒烟
朦胧中完美的脸 慢慢地出现
再见 丑小鸭再见 我要洗心革面
人定可以胜天 梦想近在眼前
…………

我欠苏波一声谢谢，我相信我一定有机会亲口对他说。微笑着，对他说。

页 行 文 化
YEXING CULTURE